U0010007

要記得跟你愛的人說再見。——耀起

我的勇敢總是放錯了位置……——繼薇

我的愛情不允許打折！——紹敏

既然把我編進你的故事裡，那我就在那裡待待看好了。——袁方

那裡待待看好了。阿斌：「假哥哥」有很多種喔，有的是「真的只想做哥哥」，有的是「想做的不只是哥哥
喔！耀起：哥哥可以做一輩子！阿斌：什麼都沒有「一定」，所以「現在」最重要！第七種悲哀：忘了說「再
見」。戴奶：奶奶是覺得…窮沒關係、功課不好也沒關係，但是一定要做個善良的人，能幫人家的地方
千萬別小氣。

人生七十才開始，我現在為什麼不能離婚？——周媽

耀起：記住，一定要記住…要跟你愛的人說「再見」。袁方：我不喜歡把不高興壓抑起來，因為那些情緒只會累積，並不會消失。袁方：別管「他」，「我們」先回家……那些「他」、「我們」……你使用在你跟戴耀起身上的字眼，都讓我覺得「不高興」，你不覺得這些字眼，完全把「我」隔離在外嗎？戴奶：繼薇啊……奶奶把耀起交給你了……他所有的心事只有你懂。…奶奶累了，想好好休息了……所以我只能把我的寶貝交給你了……繼薇：那天，我們做了好多的豆腐捲、

父母也是人，也有做錯的時候。——周爸

蔥油餅、韭菜盒子…一直到天亮……耀起說的對，我們終究失去了奶奶……所以，始終「不對」。耀起：今天早上突然發現…我現在是孤兒了。耀起：其實那時候，我好怕，一個人掉進黑洞裡……繼薇：不要怕，我會陪你。繼薇：很愛的上帝，我們感恩，我們良善，我們由衷的希望自己是天使，可為什麼……我們依舊犯下了「錯」……

白拿孫子的錢，那是老得不能動的人做的事。——戴奶奶

愛情再不來，我的更年期就要來了！——美姊

了，我真的過不去！美姊：我都只能在別人的故事裡面談戀愛，假裝那些男主角都很愛我……美姊：在你的故事裡面，假裝自己「很幸福」！繼薇：我不要回去啦！反正生米都已經煮成熟飯了！周媽

戴耀起，宇宙的黑洞不會讓什麼都消失，
譬如我們的牆、我們的曾經——都會陪我們到永遠。

妹妹

親愛的工作室◎**文字**
姚文之◎**攝影**

《妹妹》的人生拼湊之一

我要哥哥陪我

《妹妹》這個劇本，來自很多我真實人生的拼湊。

我的家庭有點複雜，總而言之，我有兩個姊姊、一個哥哥，全是同母異父。所以我跟上面的哥哥差了八歲、大姊差了十八歲，並且不住在一起。他們住在基隆，我住高雄，幾乎是臺灣最遠的距離。

很小的時候的某一天，我已不記得大姊為什麼南下，她接了我去基隆玩，我心裡既期待又害怕，畢竟是第一次離開媽媽的身邊，但我真的很想去看看從未謀面的二姊、哥哥。

我們搭了十個小時的慢車來到基隆，冒著雨爬了一輩子都爬不完的山中階梯，很深的夜裡，到了「他們家」，經歷了我生命中最公主的一晚：大姊急忙幫我換下濕透的衣服、二姊不知道該怎麼表達對妹妹的喜愛，竟翻出了自己剛剪下的及腰長髮給我看、我哥找出了所有能吃的東西……他們帶著疼溺的笑容圍繞著我的畫面，我至今忘不了。

然後我就發燒了。很燒。也許是被二姊的頭髮嚇的，也許是淋了雨。他們驚慌失措的忙著幫我退燒，然後我就仗著那些嬌寵，得寸進尺地含淚說道：我要哥哥陪我。當時年紀也很小的我哥，徹夜握著我的手，未睡。

現在想起來，那夜我生的是名副其實的「公主病」。

雖然是「我的家」裡的獨生女，但我從未當過公主。通常人家的家庭要不是嚴父慈母，就是父慈母嚴，而我的運氣真好，爸媽都是脾氣很大的山東人，所以我是在嚴母嚴父的管教下，寂寞地長大的。

回到高雄後，我一直巴望著有一天哥哥能來同住。至少是一個暑假或一個寒假，讓我再享受一下公主的生活，但始終未能如願。再見到我哥時，他已經到了談戀愛的年紀，笑笑地叫了我一聲「ㄚ頭，來啦」就急忙出去會女友。我死要跟，結果失望的餵了一晚的蚊子，我哥自始至終都盯著他的女友，未曾看我一眼。

可我還是留戀著「哥哥的保護」，總是幻想著「期待的情節」。小學時候我練芭蕾，常常前晚參加比賽，次日就頂著媽媽精心梳起的包頭去上學，班上男同學就愛整我的包頭，鬧到生氣時，我就會說：「我哥是流氓，等他來高雄就會來打你！」

《妹妹》的人生拼湊之二

我果然是他唯一的妹妹

我哥真的來高雄了。因為大學聯考受挫，擔憂的媽媽把他接來高雄補習、就近管教。我感覺我哥那時候的確有「變壞」的傾向，書包帶子故意耍酷的拉得死長、穿喇叭牛仔褲、抽菸……所以我總是離他遠遠的。我媽為了讓我哥「振作」，帶著他去金子店當場摘下自己脖子上的金鍊子，折成現金，替他交了補習費——那段「光陰的故事」的情節，就是我哥的真實故事，說起來我媽應該可以做很屌的編劇。

而我哥果然從此發奮念書。但還是與我保持那種「很近的遙遠」。

那段時間我超吃醋。我覺得我媽要不重男輕女，要不，我可能是撿來的，我哥才是親生的，她每天細心地料理著我哥愛吃的東西，什麼都最先想到我哥。直到我在媽媽的小盒子裡發現了一張照片，是我哥的大頭照，小學三年級，很矬。照片背後寫著——

「媽，我好想妳。毛毛」

我突然懂了。大哭一場。哭我哥的思念，哭我媽的自責。據說我媽離開我哥時，我哥才三歲。

我突然好想回到我發高燒的那個晚上，跟我哥說：

「毛毛不要怕。我把幸福還給你。」

可我根本做不到。不管是讓時間倒流，或者把失去的幸福還給我哥。我只能遺憾，遺憾我跟我哥；始終無法回到那一晚的親密。我常在想，我哥是否嫉妒過我？我不敢問他，但有件事，我卻始終難以抹滅。在我媽開麵店的那段日子，換我到了談戀愛的年紀，我哥已定居高雄。有一天，我急著去約會，可是店裡還熱鬧，我哥要我晚點去，我不肯，正經歷生命中另一個磨難的他，舉起了手，當著滿店的客人面前，打了我一耳光。

現在我知道了，那不是妒忌，而是「教我珍惜」。

但，事件之後，我跟我哥從疏遠到疏離，接著時空交替，他在高雄、我到了臺北。有一天，我接到大姊的電話，那時，我正在屏風表演班導演第一齣大型舞台劇，新聞發布後，上了報紙藝文版，版面上對我的報導篇幅頗大。大姊在電話裡說，我上報那天，我哥打電話給她跟二姊，問她們有沒有幫我收集報紙，大姊說「什麼報紙」，我哥大發雷霆：

「妳們都不關心丫頭！妳們是怎麼做姊姊的！」

我在電話彼端沉默著。其實我哭了。哭了許久。我果然是他唯一的妹妹。

母親走後的那四十九天，他與我守在臺北。我們每日摺著紙蓮花，每日聊著母親，他說：

「妳是媽最愛的。她從來沒離開過妳。」

《妹妹》的人生拼湊之三

你的生命裡，有這樣一個「哥哥」嗎？

我對「哥哥的保護」至今充滿了嚮往。或許是成長期的未被滿足吧。所以我很妒忌我的外甥狗狗和他妹妹。我覺得他們偷走了我渴望的人生。

他們兄妹倆的感情真的超好，是會讓他們的女友、男友嫉妒的那種。有聊不完的話、共同的喜好、時不時就上演哥哥揹妹妹的噁心橋段。尤其是哥哥擔心妹妹的時候的那種「罵」，你完全可以感受到那代表了有多疼愛。我羨慕，羨慕他們可以徹夜的說著話，直到睡著；羨慕外甥女可以那麼自然地喊著「葛格」；羨慕他們一起玩馬力歐；羨慕他們可以沉醉在樂高一整天。至今一個三十多、一個快三十歲，還是這種感情。

他們都與我同住臺北多年，所以有一次，我目睹了他們的吵架。我忘了原因，只記得妹妹生氣地踹了她哥一腳，卻反而頓時肚子劇痛不已。哥哥嚇傻了，氣卻一時收不回來，於是我騎著摩托車十萬火急載著外甥女去掛急診。

我在醫院接到外甥的電話，是哭過的聲音，焦急地問我要不要趕過去？我又好笑又好氣的說不用，等她從廁所出來就可以回家了。原來是肚子裡的陳年宿便惹的禍。

「哥哥」其實是一種態度。是不分血緣與年紀的。

因為這些年來，我的外甥也常常以「哥哥的姿態」保護著他的小阿姨。他會很**MAN**的罵我的糊塗、教訓我的愛買；不管在紐約念書還是在北京工作，每幾天就會在**Skype**上點名，要跟我說話、並且要看到我的臉，確定我是好的。

我記得外甥女曾經說過，要找一個男朋友跟哥哥一樣就好。

那句話觸動了我下筆寫《妹妹》。

我知道外甥女的意思。誰不渴望一份「那麼懂得、那麼契合、永遠在你前方讓你崇拜」的感情啊！

你的生命裡，有這樣一個「哥哥」嗎？

他不是外星人，不能幫你擋住災難；他不能一擲千金，博你一笑……但他會在九二一地震的時候說：「我們一起，不要怕。」

而全天下的哥哥啊，當你不捨自己的妹妹被傷害時，別忘了，你身邊的那個女孩，也是某人最珍愛的「妹妹」。

今年暑假，哥哥們、妹妹們，我們一起來「懂得」吧。

徐譽庭

目錄頁

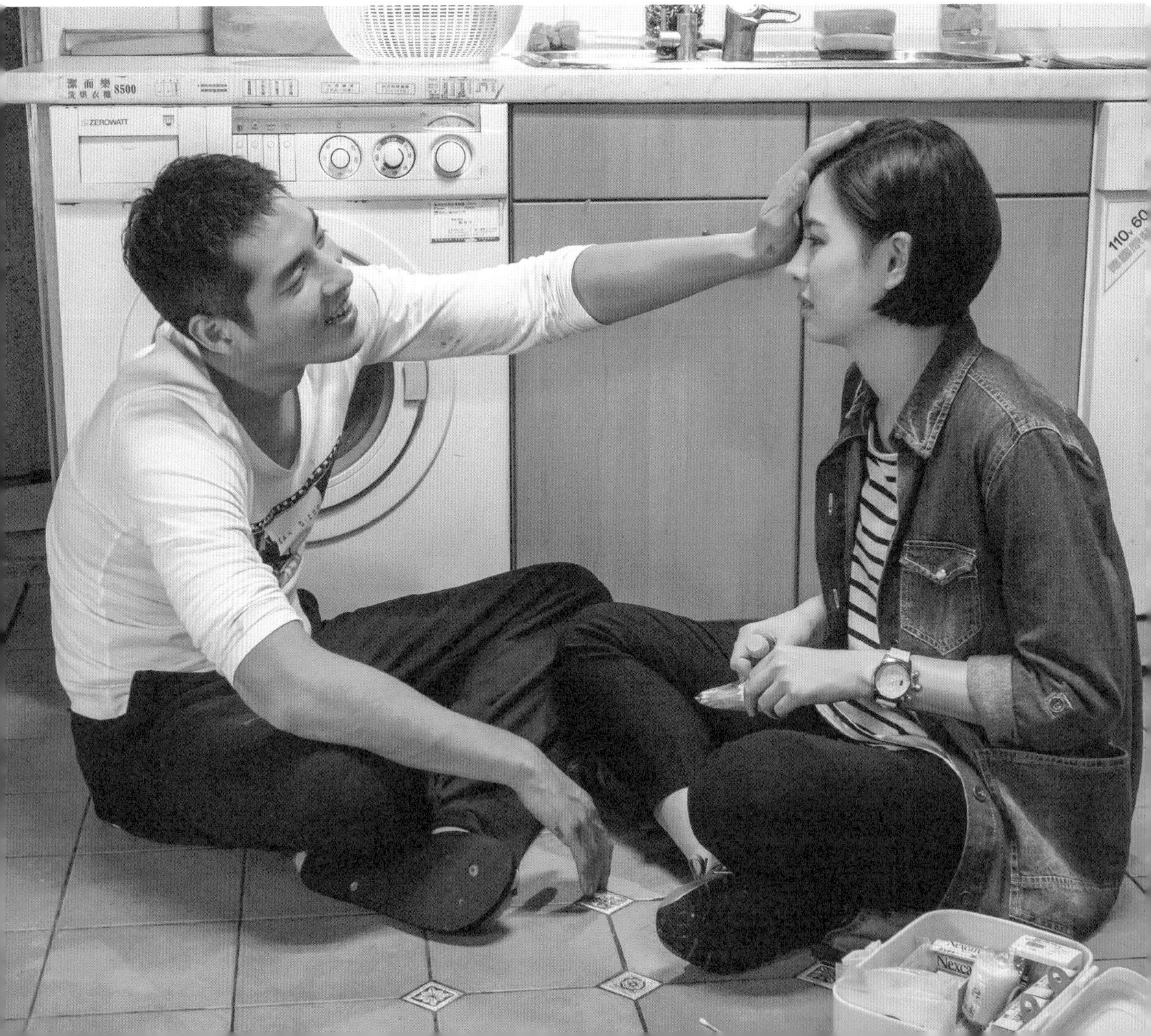
潔而樂 8500
洗烘衣機
ZEROWATT
110v 60

第壹個字詞

【妹妹】

要記得跟你愛的人說再見。——耀起

妹妹 ㄇㄟˋ˙ㄇㄟ

形 應該被呵護的。

幾堂表演課之後，還在裝酷的他說：

「很爽啊。」

第一次讀本結束後，已經原形漸露的他說：

「徐譽庭根本變態啊！」

他說話就跟戴耀起一樣的「精簡」，精簡到如果你不認識他，可能會誤會、可能會錯過。

讓我把他的話，重新補充一下：

一，我覺得臺灣現在的製作環境對演員是殘忍的，尤其是新演員。因為沒有扎根、沒有基礎，就讓演員在片場消耗熱情、慌張於表演這件事。這個問題嚴肅到可以推論至我們的戲劇教育，我們總是嚷嚷「韓國能，為什麼我們不能？」大家只檢查表面，卻從來沒有人（尤其政策的決策者）去挖到最癥結的地方——根本應該從戲劇教育就開始栽培種子，才能開花結果。《妹妹》的製作單位，小小的「親愛的工作室」卻從表演課開始，就給予演員一個「有安全感」的狀態，所以，即使我已經有很多拍攝經驗，並不在表演課的出席名單裡，我還是要每堂課都參與，因為——這樣好爽！好快樂！

是的，他要說的話其實是這麼長，你必須跟他相處、認識，你才會在他精簡的字句裡，像拼圖一樣的拼出他的「原意」。

二，拿到徐譽庭的劇本，我真的嚇了一跳！她為什麼那麼了我？整個戴耀起，就是我啊！所以她偷窺了我的人生？她是怎麼偷窺的？——太恐怖了！所以我只能說：我遇到變態了！

是的，變態，其實是讚美的意思。

五個月的相處，或許不足以完全認識一個人，但是它絕對值得你慶幸：「藍正龍，超

拿到劇本，
我真的嚇了一跳，
戴耀起，就是我！

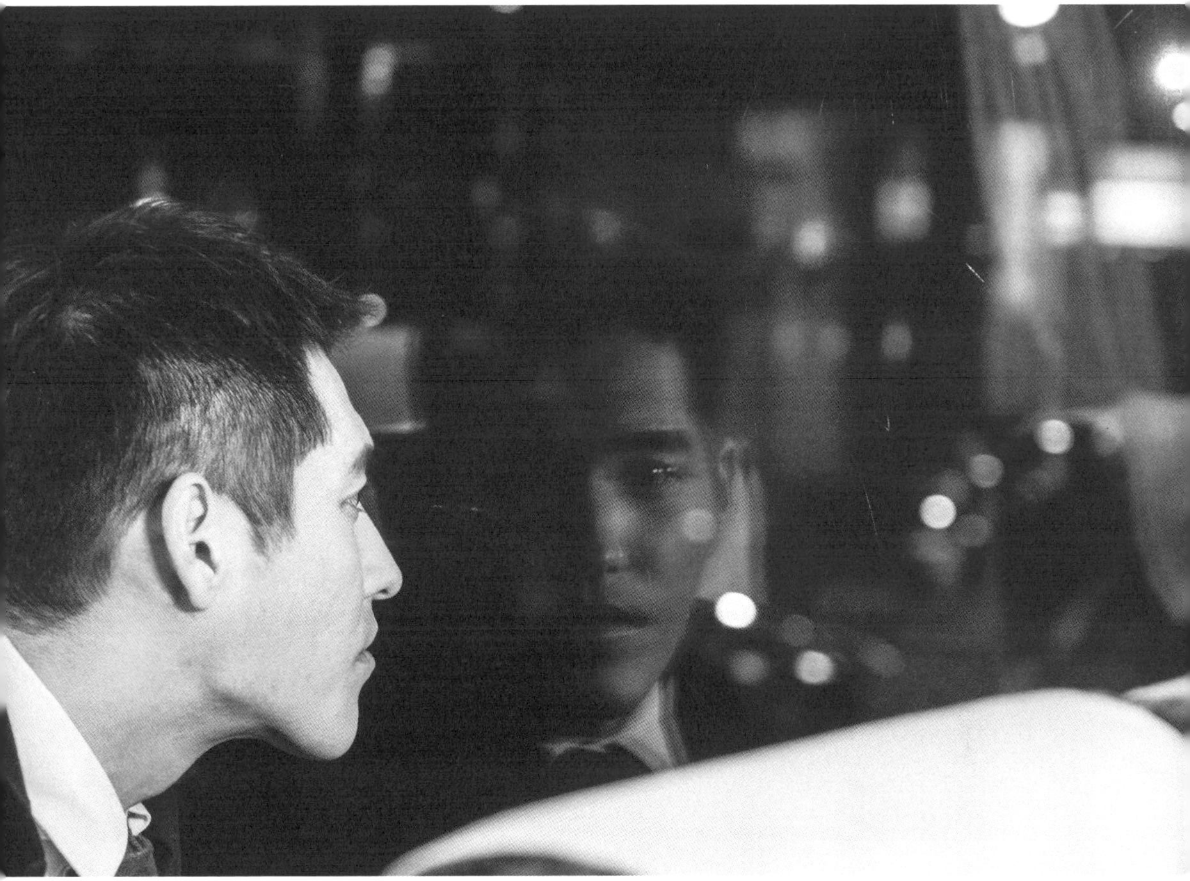

可愛！」

他很愛《妹妹》這個劇本。開拍之前，他帶著五集定稿劇本飛往紐約遊學。因為經歷了一長串工作之後的疲憊，也因為太多他看到的製作環境的問題讓他無力，所以他遠遠地躲到地球彼端，試圖放下，再找回。果然，在語言學校裡念英文、打球，讓他放下了，而《妹妹》的劇本，也讓他找回了一些東西。於是他開心地在臉書上精簡的留言：「我愛上周繼薇了！」一句話讓好友、記者都紛紛驚呼追問：「周繼薇是誰？」

周繼薇是戴耀起的最愛。而藍正龍也始終在自己的人生裡尋找著一個「永遠相信我、永遠不離不棄」的她。（他終於找到了！耶！）

藍正龍當然很愛戴耀起這個角色。從名字一路愛到他面對愛情的那份懦弱與勇敢。其實不只是徐譽庭洞徹了藍正龍，藍正龍也偷窺了編劇徐譽庭的內在，譬如他對「戴耀起」這個名字的註解——始終在，等待耀起——也讓徐譽庭驚呼：「藍正龍，你變態！」

他真的很變態。只要在大臺北地區拍戲，他必騎腳踏車到現場，他說那是最好的暖身。開鏡前，他就已經背好了所有劇本、台詞，做好了所有的功課。所以在拍戲現場「等待」

的時間，他要不打球、要不爬樹、要不找個高差之地開始伏地挺身、幫燈光、幫道具、幫場務——劇組人員常戲稱他是最帥、最貴的助理。

《妹妹》劇中有一票「演戲經驗」不豐富的弟妹，只要「擁有敬業態度」的，他全都開在自己的「照顧名單」裡。

譬如張庭瑚，藍正龍愛他愛到我們常說：「你們在一起好了！」他總是在一旁看著張庭瑚要上戲前的緊張、**NG** 後的懊惱，然後露出辛酸又感嘆的笑，因為他幾乎看到了十五年前的自己！所以他完全知道張庭瑚需要什麼。一個用力的擁抱、一句「很好，別怕」、或者十分鐘的暫停。

譬如安心亞、莫允雯兩個妹妹對哭戲超惶恐，為了幫她們醞釀情緒，即使鏡頭不在他身上，他照樣陪著一遍一遍的哭。甚至他已經收工了，還繼續在現場，站在那裡，讓心亞可以看著他「哭泣吶喊」。

因此，弟妹超愛他，都叫他「藍正龍葛格」。

善良在骨子裡，不必寫在臉上。他有個道理非常可愛：「不要說我們在幫助別人，因

劇組說，
藍正龍是最帥、
最貴的助理。

大家都喊他「藍正龍葛格」。

為我們有太多的時候也需要幫助。」所以，他有一群可以幫助他「發現世界美好」的朋友——天主教華光智能發展中心。

那裡的孩子（其實有些實際年齡比他還大，但，喜憨兒都有一顆最接近純粹的赤子心）都叫他「藍正龍葛格」，看到他，他們的笑臉都是咧開的！因為藍正龍葛格會帶他們去唱**KTV**、聽他們講心事，甚至，帶他們去臺北「酒夜市」！

要帶百來個孩子逛夜市，需要縝密的計畫。藍正龍包下遊覽車從新竹華光智能發展中心把他們接到臺北，並事先打點好住家附近的夜市，任孩子盡情地吃喝玩樂——你說，孩子怎麼能不愛他**?!**

但他說：「我獲得的快樂，比他們更多！」

所以啊，你說，你是不是根本不認識藍正龍呢？

悲哀之一：長大以後，

可以幫自己**頂住天的人**，

實在不多了。

「不要說我們在幫助別人，因為我們有太多的時候也需要幫助。」

10

第貳個字詞

【永恆】

永恆 ㄩㄥˇ ㄏㄥˊ

動

對於超越生命的事物之追求。

我們一直感受到，在臺灣，存在著一種悲哀：眾人以為的美，即是美。

仔細盯著這行字，不禁會惶恐的得到一個結論——我們追隨具象的流行事物，我們畏懼「別緻」的與眾不同。

譬如，多年前的蛋塔效應、假睫毛的蔚為風氣、文青必念村上春樹、男友就是送名牌包的那個人、女友的外表是自己出場的勛章……。

你是否對於電影最終男女主角沒有抱在一起而感到「看不懂」？你對快速道路的底座

漆成紫色有何看法？你去美術館看過畫展嗎？

對留白想像能力的喪失、必須擁有一個斬釘截鐵的結論——我們的「美學教育」，似乎出了問題。

其實沒有那麼難，真的。

每一個藝術創作的答案，都沒有盡頭。創作者只是提供了一個思索的念頭，而「事外」的你，隨之去延展你的感受，最終的結論是——你的答案，就是屬於你的那個最棒的答案！

你還是覺得很難嗎？沒關係。《妹妹》劇中，我們置入了十二個非常有「美感」的創作，藉著這些美麗的事物，我們試著不顧創作者的企圖，僅用我們的念頭去延伸，延伸到愛情這件「不能永恆」的事情上。而我們只是拋磚引玉，更期待的，是你的想像的飛翔！

一個關於愛情的行動藝術

我們的註解：把不能永遠的愛情，留在永恆的長城，愛情，似乎也——永恆了。

志明與春嬌

我們的註解：每一段回憶，都有一首主題曲。

傾城之戀

我們的註解：想像一下，當災難來臨之際，你願意握住的那隻手，那或許就是你最終的「牽手」。

KennyHDV 的空中攝影

我們的註解：我們身在故事裡，卻無法知道故事的全貌。

悼念 MSN

我們的註解：總有些什麼是無法取代的。

墨冰

我們的註解：擁有就算是失去的開始，但你畢竟擁有過了！不曾擁有的，就叫沒有。

老派約會之必要

我們的註解：你談過值得你寫成一首詩的愛情嗎？你真幸福。

上帝的來信

我們的註解：我們都可以是天使。

Women for Women

我們的註解：當你束手無策，你可能需要一封信，或者寫一封信。

禮物

我們的註解：我們想占據一份愛，往往源自於太愛自己。

睏熊霸樂團

我們的註解：是背面的故事，造就了眼前的我們。

寶島義工團

我們的註解：身為一個人最大的意義，不是得到一份愛，而是付出你的愛。

以上，《妹妹》劇中的十二個「創作」——對我們而言，在生活裡造就了一個美麗狀態，就是創作——為了能將這十二個創作呈現在觀眾的眼前，我們與法律顧問耗費了許多時間去接觸、接洽，努力地闡述我們的想法，以求得到支持。之外，呈現的形式，也是我們思索再三的。

最終，我們決定「再創作」——用另一個藝術形式，詮釋這些創作。於是，我們想到了動畫。

要成就一個「念頭」，需要許多的勇氣、更多的預算、人才的彙整、執行的毅力——其中牽扯的細節，想到就手軟，但，總要挑戰啊！繼續的墨守、故步，其實就是退步，要前進就必須挑戰！

所以，我們決定挑戰了。

最初我們花了一個月的時間搜尋臺灣的動畫短片，然後，我們發現了一個金穗獎最佳動畫片入圍作品「熟男」。藝術總監徐譽庭非常喜歡那個故事、剛硬卻藏著浪漫的畫風、角色的型塑。鎖定目標後，立刻搜尋到了作者的背景，是醒吾科技大學的專任教師蔡至維。我們暗暗歡喜已經找到了「理想」，卻不確定那會成真，又或是夢一場。

我們打了電話過去。蔡老師很冷靜地說：「可以聊聊。」

我們始終以為，是我們找到了蔡至維老師。當我們與蔡老師碰面之後才知道，當年他在瑞士看完了《我可能不會愛你》之後，立刻上網搜尋了編劇的臉書，甚至還寫了一封始終沒有寄出去的信給《我》劇的編劇，也就是《妹妹》的藝術總監徐譽庭。

所以，是緣分，是惺惺相惜，讓我們相遇了。

蔡老師喜歡我們的念頭、我們的挑戰！但，在預算有限的情況下，一年內完成十二個動畫，必須有足夠的器材設備支援，更需要人力。於是，我們把一切希望、壓力都託付於蔡老師。而蔡老師帶著我們「想挑戰的念頭」回到醒吾科技大學，報告了學校長官，然後，我們得到了「全力支持」！

「一起」，就是一個美麗的開始！

二〇一三年四月，蔡老師帶領了醒吾科技大學商業設計系的五位優秀學生展開了十二個動畫的創作，是全劇組僅次於編劇開工的項目。

詮釋「創作品」的過程，從草圖腳本的溝通開始。定案後，蔡老師會依照學生的不同特性分配工作。例如繪畫線條剛硬的荔枝（洪荔慈）同學，就負責藍正龍的初步線稿；較柔軟的阿傑（王穎傑）同學就負責安心亞的部分；有人負責光影、有人負責色彩調整、有人負責搜尋資料、有人負責 3D 場景建模，最後再由蔡老師將素材集合起來。

動畫製作遇到的第一難，就是兩個主角的長相都「太特別」！光是揣摩安心亞的臉部就花去了好幾個禮拜；而負責藍正龍的同學荔枝說：「藍正龍的嘴巴很特別，他的嘴角很像貓，都會翹翹的，畫不好就會很娘。」

角色輪廓揣摩好後，緊接著就是揣摩角色的各種情緒的臉部變化。劇本中出現的形容詞「放聲大哭」和「痛哭失聲」，表情差異究竟在哪裡？

地區和年代的考究也得先做好功課。十二個藝術品來自世界各地、不同年代，所以從萬里長城的景象、到房門的手把雕花、到服裝上的刺繡……通通都要講究、要有所依據。

蔡老師一度壓力大到無法入眠，就算累個半死回到家，腦袋也還是運轉著手上正在進

WASHINGTON

Dear
Wei
LOVE
U

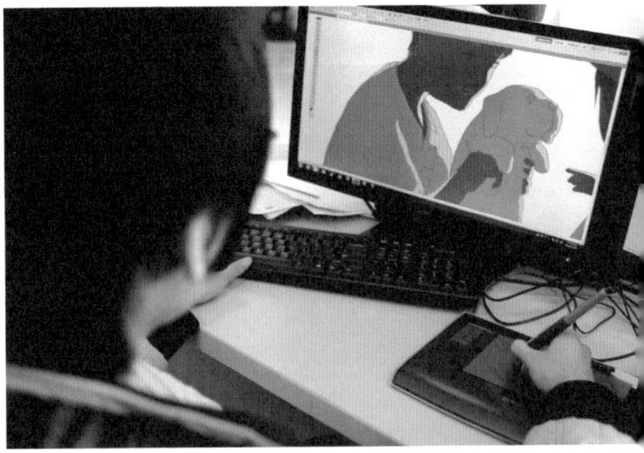

行的動畫。

開拍前夕的一個晚上，蔡老師捧著電腦來到工作室，播放了「上帝的來信」前三十秒的畫面……導演、製作人、製片組、行政組十幾雙眼睛擠在螢幕前屏息著，三十秒後，我們忍不住用力鼓掌！

書寫這篇文字的時候，動畫製作已歷經超過一年的工作期、完成七萬餘張的圖稿堆疊……尚在繼續著。

通往終點的，確實有許多寬敞的大道。但往往風光最綺麗的，是那些艱辛的處女之徑。

多好，這條路上，我們一起。

悲哀之二：人生，充滿了**逆向行駛**！

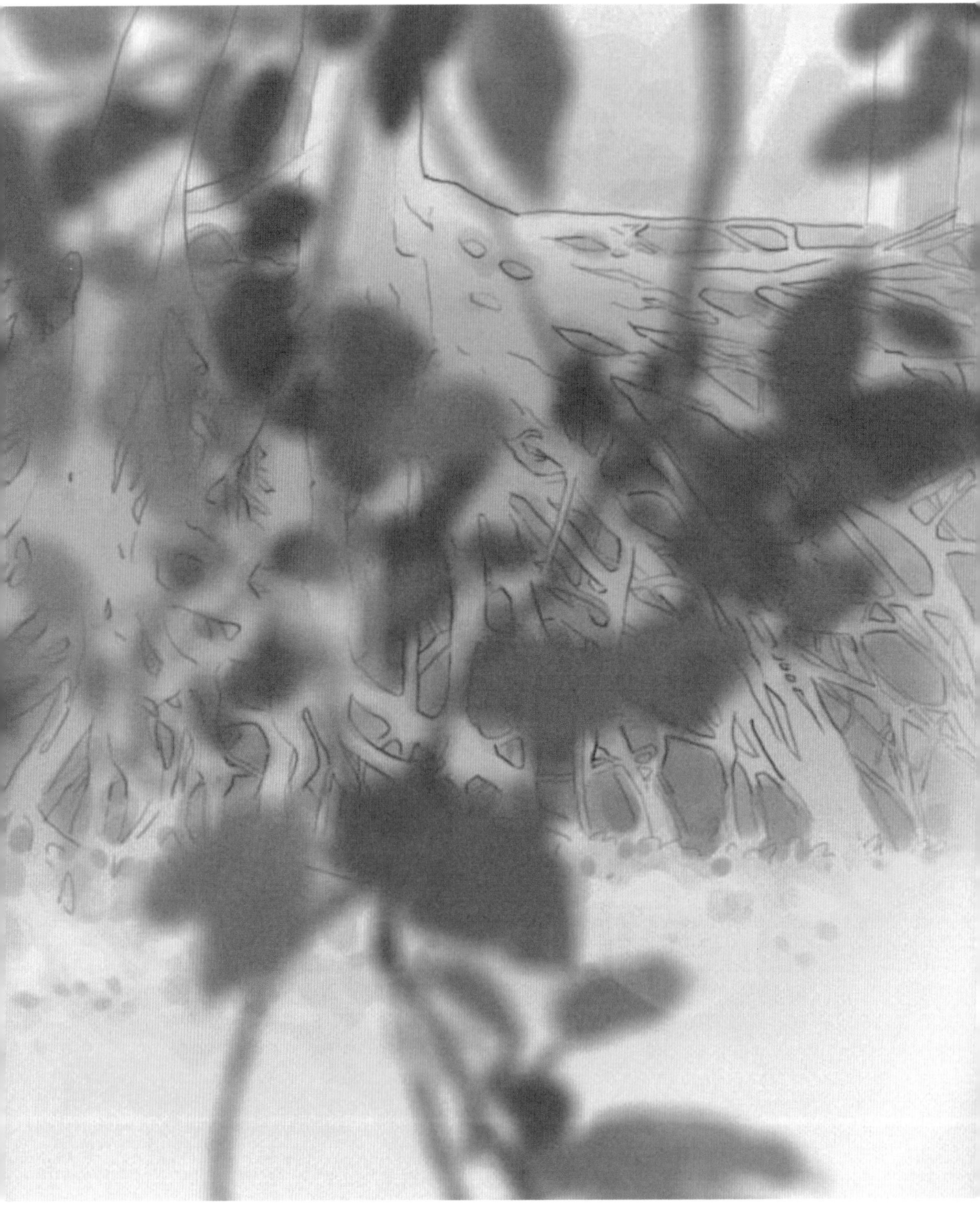

第參個字詞

【永遠】

我的勇敢總是放錯了位置……
——繼薇

永遠 ㄩㄥˇ ㄩㄢˇ

動

為了抵達而激起的動力。

那段艱辛拍攝的深夜裡，只要手機傳來了提示音，無須懷疑，我們都知道是心亞。但，我們懷疑的是——她到底什麼時候睡覺啊？

她很早就經歷了「不被喜歡」的悲哀，在心還不夠堅強的時候。

那時候，她住在「爸爸家」。究竟在爸爸家經歷了什麼？我們並不敢多問，但，我們看到的結果是——每拍完一個鏡位，她就急忙去問導演、問燈光師、問攝影師、問助理：「剛剛那樣真的可以嗎？」無論做醜、吃苦她都不怕，她只怕「做得不夠好，於是人家不喜歡」，所以在片場，她不斷地尋覓著「被喜歡」的答案：

「要不要再一次？」

「不需要啊，已經很好啦！」

「我覺得我應該更好！」

「已經更好啦！」

「那就更更好，好不好？……再一次啦！拜託啦！更更好啦！」

每日、每場、每個鏡頭，她都沒有意外的重複著以上的鬼打牆。即使已經獲得了二十個肯定，還是不能安心地一再地追問，問到大家都煩了、崩潰了，也不善罷干休，繼續尋找著下一個更嚴苛的眼光：

「應該要更好對不對？」

「可是我覺得很好啦！」

「會嗎？我前面不好耶！」

「可是導演說前面沒有要用啊！」

「真的嗎？導演，那你前面絕對不可以用喔！如果你要用，我們就再來一次好不好？」

她很早就經歷了「不被喜歡」的悲哀，
在心還不夠堅強的時候。

在日復一日的鬼打牆裡，我們不禁心疼地去揣測：究竟，當年那些「不被喜歡的陰影」，何時才能散退？或者，有誰，能溫柔地幫她抹去呢？

等待，不如起而行！

所以，心亞，讓我們再次地、慎重地告訴妳——《妹妹》團隊，從行政組到劇組、後製組，大家都真的好喜歡妳！原因如下：

一，其實在某方面，妳真的笨笨的，譬如對「文字的理解」。但妳最可愛的地方就是「不管你會不會笑我，我都要勇於發問」。於是，當妳在劇組辛苦拍攝了十五個小時以後，也許是半夜三點、或四點，我們都有可能接到「仍在做功課」的妳的電話，只為了弄懂一個形容詞、一個情緒。妳的用功，非常難能可貴，讓我們不能不喜歡妳！

二，某方面妳簡直聰明過人，譬如，只要導演下的表演指令能讓妳聽得懂，那麼妳就能「精準做到」！尤其很多細微的情緒，我們在剪接室反覆玩味時，都還要忍不住讚嘆。這份聰明真的很難得，因為我們見識過許多演員經常是「聽得懂，但做不到」。「安心亞

可以做到」這件事，讓我們從驚訝到欣喜到期待——妳將會在表演上獲得更多成就！

三，為什麼有妳在的場次大家都拍得眉開眼笑？為什麼燈光師周哥會心甘情願地再幫妳調整燈位讓妳更美、攝影傑哥寧願「妳不要動，我動就好」呢？因為妳的親切、可愛、有禮……讓大家打從心底的把妳當成自己的妹妹。

但是妳還是有幾個缺點，容我們藉此順便叮嚀妳一下：

一，好大雞排加辣的比較受歡迎，下次再合作，務必調整一下購買比例；以及謝謝妳那個超好喝現榨飲料，真的滿好喝的，但是太大杯了，建議妳喝一半就好，畢竟妳是宅男女神；南投的冰磚可以不要午餐後就直接來嗎？下午三點比較**OK**啦！

二，請不要再自己嚇自己。「哭戲」很難，但妳已經做到了啊！妳已經哭出了層次、哭進了我們的心裡。日後也不要害怕喔，因為「妳可以」！

三，記得保護自己。雖然什麼都「自己上」真的很讓人豎起大拇指，但是演摔到頭的

大家打從心底的把妳當成
自己的妹妹。

時候，可以借點力氣，不要那麼用力地拿頭去撞地板；演爬牆的時候，雖然妳有穿安全褲，但是大家都流鼻血了；演「吃」的時候，先提醒道具師，每個鏡頭妳都會吃真的，以免他們準備的道具不足。

四，在妳忙於工作、默默照顧流浪狗之餘，分一點時間給戀愛吧。雖然妳說得對，有這麼多的機會是很幸福的、努力工作也是很幸福的，雖然妳成長過程裡見識的愛情是殘忍的，但，妳可以更幸福！老天爺必然會同意的！

五，短髮真的很好看！

《妹妹》殺青後，我們終於可以安穩的睡覺了。但是某個夜裡，手機再次傳來提示音，我們納悶地拿起查看——還是心亞。她傳來了一張照片，是我們共同資助的重傷流浪狗虎妹。經過治療後，虎妹被人惡意削去的半張臉，終於縫合了。

你看到的安心亞，是那麼可愛、美麗嗎？

讓你妒忌的我們，有緣看到了另一面。
請安心地去喜歡她吧，因為那一面，更可愛、更美麗。

悲哀之三：過去的一切，

未必會過得去。

請安心喜歡吧！

短髮真的很好看！

PLAY IT LOUD

第肆個字詞

【走了】

走了

ㄗㄡˇ ·ㄌㄜ

動

出發，往同一個方向前進。

就像一段旅程一樣，「前製期」就是旅行計畫。

該採用什麼樣的交通工具？找哪些伴？旅費怎麼分配？時間怎麼善用？……但這一切，都得先有個心中想望的「目的地」，對製作一齣戲來說，就是那一劇之本——劇本。

開始寫《妹妹》的劇本，那是早在製作之前的之前的之前。所以「妹妹」啟動製作時，劇本已經進入到第九、第十集，但是兩位製作人都很清楚編劇（也就是本劇藝術總監）徐譽庭的習慣——不斷的修正修正再修正——但，藍本已經有了，所以角色、場景、相關形式都有了，也就是說前製起來，大家都非常有譜——這是個超難的戲！

難的部分包括了：

一，場景超多。

二，演員超多。

三，每一集的「創作品」版權，闡述的形式還是「動畫」!!

四，不用再提的經費。（忍不住還是要說，我們只是韓劇的零頭！）

但是臺灣人才濟濟，怕啥？前製的最前端就是找出這些人才！第一個要找的當然就是導演和主角。

男主角藍正龍，其實是最早定案的。不如這麼說，劇本一開始就是以他的形象在勾勒「戴耀起」這個角色，所以當藍正龍拿到前幾集劇本時，忍不住問徐譽庭：「妳幹嘛偷窺我的人生?!」這麼讓他感同身受的角色擺在眼前，當然立刻就決定要「赴湯蹈火」！

女主角的部分比較有點難度，畢竟臺灣崇尚嬌小可愛，要不就纖瘦高䠷，到哪裡去找一個「大隻妹妹」呢？其實我們早都想過安心亞（心亞抱歉，妳其實是「中隻」啦），但大家的共同擔憂都是——她會演戲嗎？這個擔憂在藍正龍推薦我們去看《阿嬤的夢中情

就像一段旅程一樣，
「前製期」就是旅行計畫。

人》後，完全釋懷。

尋覓導演也同步進行著。在看了另一齣偶像劇後，製作人約會了陳戎暉導演。那天大家都本分而努力地演好端莊，相談甚歡裡，瞭解了戎暉導演是紀錄片導演，對臺灣、對人充滿了愛與熱情，製作人心中立刻「叮咚」，但還是客氣地演好端莊。第二次碰面，就不一樣了，大家不知道怎麼回事，好像都有點迫不及待地渴望著這次約會，談到興致高昂處，竟然在工作室就「喝開了」……天已大亮才散席。

同時，行政組在看了臺灣製作的近百篇動畫短片後，我們相中了一位動畫家，可是要怎麼尋覓他呢？這就是行政組最「神」之處——某一天的晚上，工作室裡出現了獲獎無數、目前在醒吾科技大學任教的蔡至維老師！

雖然找到了高手，但，我們有沒有能力讓高手揮灑呢？在我們開始檢討「小孩別開大車」「這預算不容許我們作夢」之際，蔡老師卻送給了我們一個來自天上的禮物：「醒吾科技大學將以工本費，全力支援這個非常有意義的合作！」（編按：容我們向您爆料，其中最有趣的原因之一，應該是「女主角安心亞」！）

「動畫」這個大石落定後，我們又出現了一位救星——著作權律師「小心」。嬌小的她從容鎮定又堅毅，立刻展開了各種版權、授權金的懇請高抬貴手的洽談工作。對象甚至包括心情陰晴不定的國際藝術家，來回之曲折繁瑣，絕對可以出一本教戰手冊。當然，我們也得到了許多臺灣創作者的一臂之力：李維菁小姐、黑糖導演、睏熊霸樂團……

接著，製作人與導演開始一起研究後續擔綱角色的演員，共識幾乎達成的都非常快，就只差「男配角」——袁方，一個帶點憂鬱的建築師型男。我們幾乎試鏡了二十幾個男演員，全都非常優秀（臺灣充滿希望！）但，就是少了一個「很難形容」的氣質。在時間緊迫、非常忐忑之際，很意外地，我們發現了插畫家安哲。

安哲來工作室相談那天，本來是要「專程拒絕」的，但是當他聽說「每一集都有一個創作品，一則動畫」，他動搖了，趁著動搖，製作人趕緊讓他試了一段戲。坦白說，試戲的結果絕非「驚為天人」，但大家真的都很竊喜，以一個從來沒演過戲的素人而言——我們真的挖到寶了!!

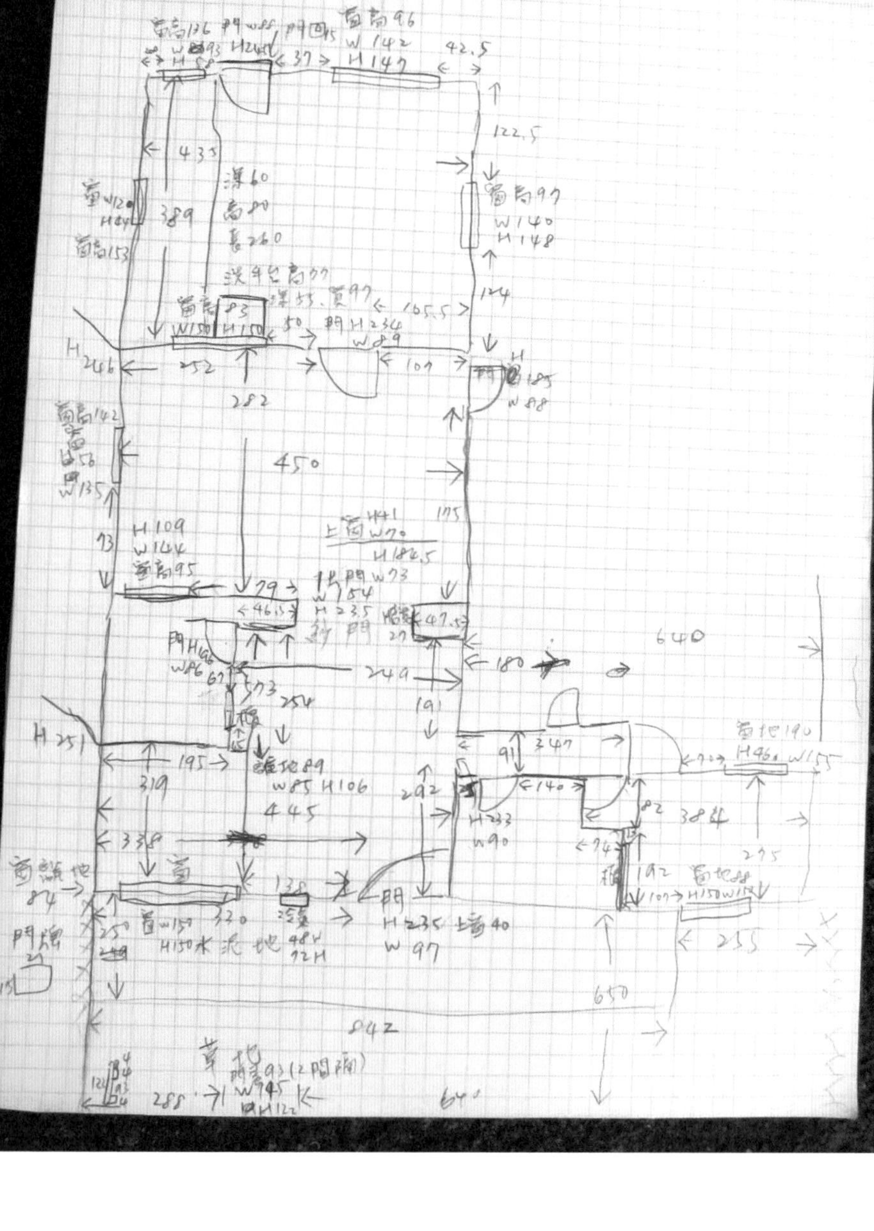
窗高96
W 142
H 147
42.5
122.5
窗高97
W140
H148
435
389
深60
高80
長260
洗手台高77
深55、寬97
105.5
174
門 H234
W89
252
282
107
450
上窗 H41
W70
175
H186.5
H109
W144
窗高95
W154
H235
191
249
180
640
347
140
292
H233
W90
窗地190
H46 W155
384
275
195
319
445
338
門
H235
W97
窗 W157
H150
水泥地
842
650
255
草地
288
640

預算不容許我們作夢。

角色陸續安置中，我們也同步開始尋覓「技術部分」的好人才。行政部門也開始規劃演員的「表演課」。

「表演」其實是個需要累積的功課，就算你有再大的天賦，也要澆水灌溉才能發芽、茁壯。《妹妹》劇中有非常多新手演員，他們或許已經參與過一些演出，但對「演」還是充滿懵懂、還在探索。所以表演課的功能，在於給他們更多安全感，也在於迅速地將來自各方的演員，彙整為一個大家庭。

於是我們以「為臺灣栽培新人」的立場，不惜血本的出發了，分別動用了三位專業的表演老師：李明哲、陳竹昇、蔡柏璋……表演課前後加起來三十餘堂。

沒想到藍正龍卻說：「我也要上！」——超專業的！也因此，沒多久，他就變成這些新演員的「哥」。

技術人員的尋覓也越來越不易，因為彼岸正以高報酬努力挖掘臺灣人才。還好，總是有一些伙伴，至少會留下一半的時間，「降價」為臺灣戲劇付出心血。

於是，製片組、導演組、攝影組、燈光組、美術組，開始勘景，一起立體「劇本中可能只是一行文字」的氛圍、意境。幾經分析、會議後，場景定案，主場景橫跨北、中、南。美術組進駐，先從廢墟除草開始，把雜亂淨空，把時間與情感重置……於是，你將會看到周繼薇的老家，從阿公時代留下來的藥櫃、廚房裡的鍋碗瓢盆；戴奶奶想重演當年的繁華，努力把租來的家弄得喜氣洋洋的樣子；繼薇在臺北的落腳處，擁擠，卻塞滿對未來的期待……

好美喔……對啊，然後，預算一直爆。

演員表演課結束後，開始進入「實習課」：推拿的實習、串燒店的實習、宅配營業所的實習、郵局的實習、豆腐捲的實習……以及，不停的籃球健身活動，演員感情已經好到組了《妹妹》籃球隊！

以上進行的同時，行銷組也一直按照劇本需求，努力地向四處爭取更多的援手——道具的提供、置入經費的提供。服裝組、梳化組，也體恤我們的難處，共同協助著進行相關

RONDO

動用三位表演老師，開了三十多堂課。

資源的贊助尋覓……我們相信積沙成塔，一雙襪子、一支口紅……都可以多交換劇組的一份宵夜、一個便當。甚至，有時當藝術總監徐譽庭都已經放棄時，行銷組依舊暗暗地進行著一封封的 **Mail**，終於感動了許多廠商。

接著演員落髮，心亞在我們的心機遊說下，剪了兩次才驚覺：「咦？怎麼越剪越短？」——廢話嘛！呵呵。

接著，第一次定裝、第二次定裝……總共十五次的主要角色定裝，一路的淘汰、修正、共識。

當劇本終於完成十三集定稿，開拍之日就在眼前，我們開始進行為期一週的「讀本」，導演組與演員全部到齊，儘管有些集數，美秀只有三句台詞，也一起加入……那是最感動人的畫面，我們只有一個共同的方向——拍一齣好戲。

攤開二〇一三年二月展開的前製計畫，當初日曆空格上填滿的那些密密麻麻的工作，如今看起來卻美得像一張畫！

開鏡的前一天晚上，我們有別於其他大部分的劇組，遵循了以往拍戲的古禮，舉行「開鏡酒」，除了讓演員及劇組人員能更進一步熟識彼此外，也宣告著，經過這一夜，大家就要更拴緊發條、正式進入「旅程」了。

二〇一三年十月二十三日，我們開始了一場旅行。大隊人馬邁開步伐之際，都心知肚明，我們即將經歷的是——跋山涉水！並且還要時時做好心理準備，因為——

悲哀之四：事情和我**想**的

永遠**不一樣**！

第一次定裝……

第二次定裝……

第三次定裝……

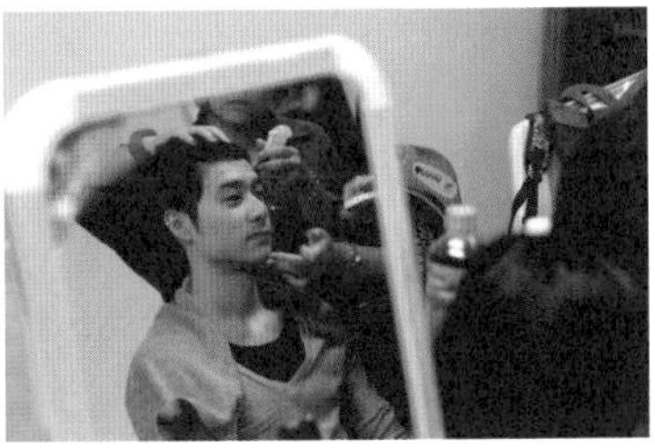

第伍個字詞

【髮夾】

我的愛情不允許打折！——紹敏

髮夾 ㄈㄚˇ ㄐㄧㄚˊ

動

令那些不安全的線索，堅強起來。

那支廣告播出時，我們異口同聲地說：也太美了吧！……見到本人，我們又異口同聲地驚呼：真的太美了！

但，「美」是莫允雯最害怕的讚美。她害怕那個堅強、凡事靠自己、認真努力的自己，被「美」淹沒了，因「美」脆弱了。

她來自單親家庭。親眼目睹了很愛自己的父親拋棄了她、弟弟、母親，也親眼領悟了「靠山山倒、靠人人跑」的悲涼，所以她要靠自己！靠自己打工賺學費、靠自己出人頭地、靠自己修水龍頭、燈泡、修整破碎的家——經常的，我們都感覺到了「她在逞強」。那些在異鄉成長的辛苦、那些陪伴母親流淚的歲月，都教育著她——不能倒！妳要很強！

所以，她從沒想過要進入演藝圈，她懵懂的一直以為那是個不需要太大本事的工作環境。她為自己勾勒的生命藍圖是「CEO女強人」，所以她一步步按照自己的規劃進入理想的大學、科系。辛苦的念完大學後，她決定回到臺灣，靠著很棒的外語能力，進入了彩妝國際大品牌擔任公關。

很多人都以為時尚公關的生活，每天光鮮亮麗，一定是過得愜意又開心，但事實上，為了讓「大家開心」，她得看盡各種臉色，並且每天得工作至少十三個小時。她還記得，臺北一〇一七點關冷氣、九點關燈，但是自己沒有一天是早於九點下班。所以夏天晚上七點以後，就必須以風扇去暑，九點後在黑暗中只會有一盞自己的小檯燈……

很累、壓力很大，但是一場大的活動辦下來，她說那種說不出的成就感，讓她感到很安全。

但是，天生麗質難自棄，她還是不小心地進入了演藝界。——那時候投出的履歷尚沒有下文，卻有好友介紹了拍照的模特兒工作，她需要生活費，於是去了。擔任公關以後，

「美」是莫允雯最害怕的讚美。

只要遇有空檔和機會，她就繼續的拍，她不要休息，因為她要儘快的完成夢想。沒想到，模特兒的工作越來越多，從平面到影像，接著就是戲劇。

認真的進入演藝圈工作後，她才發現隔行真的如隔山，當時自己錯估了這份工作的「專業能力」，於是她倔強的態度又來了——我要做到好!!

為了矯正 ABC 口音，她每句台詞都會念上一千遍；擔心中文能力造成閱讀的誤解，每一場戲都事先做好功課，再找編劇核對一遍情緒的起承轉合；怕哭不出來耽誤劇組進度，所以她在車上練習嚎啕大哭……

那天，臺北下了整天的雨，她重感冒，即將拍攝數場她一人的重頭獨角夜戲。她冷得發抖，但戲服卻很單薄，體力、發燒都讓她不能專注，儘管台詞已經背了一千遍，卻還是屢屢打結，儘管走位已經牢牢記在腦子裡，身體卻不聽使喚。一遍又一遍的重來，她沒有喊苦，只是一直罵著自己：為什麼做不好？為什麼？

哥哥藍正龍常跟她說：「累了就找人靠一下不會死！」

她不敢。怕習慣以後的失去。

允雯，抱抱。其實只要不失去自己，我們什麼都不會失去的。

悲哀之五：我們的**眼睛**，只有**一種角度**。

其實只要不失去自己，
我們什麼都不會失去的。

第陸個字詞

【Siri】

補充【垃圾車】

Siri

名 可以為你解答一切問題。

如果你跟一個人有仇，請慫恿他去拍戲。

如果是小仇，單元劇應該足以報復；至於拍攝期動輒一季、半年以上的偶像劇，適合那些你對他恨之入骨的敵人，保證具有令人生不如死的殺傷力。

「戲劇製作」基本上是無限個「問題」組合而成的一段過程、一門學問，不管你做了多萬全的準備，事情永遠跟你想的會不一樣、問題永遠出乎你的意料！譬如說吧——天氣。

《妹妹》的拍攝期，碰到了一個臺灣最多雨日的冬季，全製片組幾乎動員了各廠牌手機的各種天氣APP、中央氣象局、CNN、任立渝、俞將軍……來趨日避雨，不過，儘管科技再怎麼發達，我們偶爾還是會被老天爺「開了個玩笑」，但也好啊！疲憊的大家有個意外的假日，除了花錢的製作人很心疼之外，其他人等都暗自歡喜著。

不過，這個冬季，老天爺的玩笑開得比較大了些：一連數週的雨雨雨，所有預報都異口同聲的說——隨著這個鋒面的離開，下一個鋒面又將登場了，所以好天氣，可能還要再等一等喔！

「再等下去要破產了!!」那段時間，不只製作人的臉發霉，熱愛「意外的假期」的劇組伙伴眼看殺青一延再延，也快崩潰了。

於是，為了順利的拍攝，我們必須從兩個方向著手：在理智上，拍攝班表的雨天備案要準備八個版本（但，依舊不敷使用）；在情感上，燒紙烏龜、做晴天娃娃、吃素發願……絕對不能少做！工作室的大總管兼財務長，更是天天繞去公司附近的土地公廟擲筊（我們都在懷疑，其實土地公早已經被她騷擾得搬家了）。

隨著這個鋒面的離開，
下一個鋒面又將登場了……

雨，還是一直下著。

我們跟所有劇組一樣，讚美太陽！寧可被烤成大腸包小腸，也不要「因雨停班」。但，當你要拍雨戲的時候……你沒猜錯，往往，往往，太陽寶寶早早就露出了笑臉。或者有時候光線要連戲，你去看雲朵非常俏皮的滑過太陽，所以燈光師的遮陽板一會兒要高、一會兒要低……天氣啊天氣，你真是很淘氣！

生病當然是問題。劇組工作時間超過十二小時是常態，在睡眠時間不足、抵抗力虛弱之下，劇組的感情越好越是呈現流感交叉感染的熱鬧。因此，每一個工作天的開場白經常是「你也中囉?!」……坦白說，如果你沒「中」，絕對堪稱奇蹟。但是工作進度不能因病暫停，所以拍攝現場永遠有感冒藥、口罩、暖暖包、薑湯。

《妹妹》拍攝期間遭遇了兩輪的流感侵襲，外聯製片和執行製作甚至嚴重到肺炎住院、數人腸胃炎、錄音組一名成員還因蜂窩性組織炎開刀……為了求大家平安，大總管又登場了，護身符、去厄艾草沐浴精……陸續登場。

ART CENTER
明珠

吃飯也是問題。因為工作室的「大家長」有個理念——工作那麼辛苦，所以一定要吃得好啊！——於是，製片組每天費盡心思在便當的花樣上，要麵要飯要乾要湯，一應俱全。偶爾還要製造五星級飯店便當的驚喜，小魚辣椒是必然的上工工具；下午茶點也要考究搭配，不管在哪裡出班，當地「名產」絕對不可放過；宵夜更是重要，羊肉爐、雞湯、排骨湯要趁熱，所以身為製片，絕對要進得了廚房！

上廁所是隨之而來的問題。不管上山下海什麼樣的拍攝場景，製片組的第一要務，就是尋找「方便」的地方。這份工作其實不容易，經常要吃白眼、要嘴甜、要判斷什麼時候該施以小惠、什麼時候能省則省。但，它還是會有意外。譬如《妹妹》拍攝的主場景「我們的牆」，當初去勘景後，製片組回到工作室興奮地告訴大家，場景不只美，最棒的是，旁邊就有乾淨的公廁!!然而，一個月後，當大隊人馬抵達展開拍攝的那段期間——公廁卻壞了!!

於是，所有工作人員只能忍著屎、尿，直到導演下令「放風」，才能以跑百米的速度、擠上九人巴，到山下唯一的廁所解放。

工作那麼辛苦，
所以一定要吃得好啊！

聲音更是個大問題。為了收錄完美的演員聲音表情，《妹妹》劇組和一般的電視收音作業不同，拍攝全程都配有電影規格的「錄音組」，而越是敬業的錄音組，往往越是整個劇組裡，你最想掐死的成員！因為他們永遠會聽到那些「非常遙遠、不該出現的雜音」。他們聽到的雜音種類繁多：不知名的電鋸聲、另一座山上傳來的卡拉**OK**、飛機、火車、垃圾車**!!**

【垃圾車】ㄌㄜˋ ㄙㄜˋ ㄔㄜ 名 當現場喊著「五、四、三、二」之際，經常的、非常巧合的，它會以高頻的破聲傳送著優美的「給愛麗絲」，是所有劇組最懼怕的大魔王！

也許你會納悶，垃圾車是生活中的必備元素，為什麼這樣生活化的聲音不能出現？原因是這樣的：一，干擾觀看情緒。當你看到戴耀起深情的說「我早就愛上妳了」的時候，背景卻傳來「給愛麗絲」破掉的聲音，你覺得這樣好嗎？二，你所看到的每一場戲，是用無數個鏡位組合而成，也就是說，在拍攝現場，同一場戲、同一句台詞，要因為鏡位拍三遍、六遍，如果不清除垃圾車的旋律，你就會在這場戲裡不斷地聽到「給愛麗絲」的神出鬼沒。

每個劇組都恨垃圾車，垃圾車也很恨每個劇組。它們報復的方法通常是——當錄音師閉著眼睛、仔細地聆聽了一陣子耳機裡的聲音後，他張開了眼睛，很欣慰地說道：

「聲音沒問題了！」

於是，大家歡呼，副導說：

「現場準備！五、四、三、二——」

然後，「給愛麗絲」就出現了。

所以垃圾車的聲音要清除，不該出現的任何雜音都要清除。負責清除這些聲音的，依舊是製片組。為了阻止雜音，他們首先要判斷音源在哪？然後帶著被揍的心理準備，前往戰場，展開各種形式的「苦求」。

曾經，他們抵達了兩條街外的大樓工地，因為沒有電梯，於是爬上了十二樓，卻得到「你們拍戲，啊我們也要趕工捏！拍戲很大嗎？」曾經，他們翻過山頭，終於找到了正在歡唱的茶店，老闆嚼著檳榔、插著腰說道「不能唱歌，啊我生意是要怎麼做？」曾經，他們一路追著垃圾車，每到一個路口，就七手八腳的搶奪、幫忙所有住戶迅速地把垃圾運上車，直到垃圾車離開整個社區。

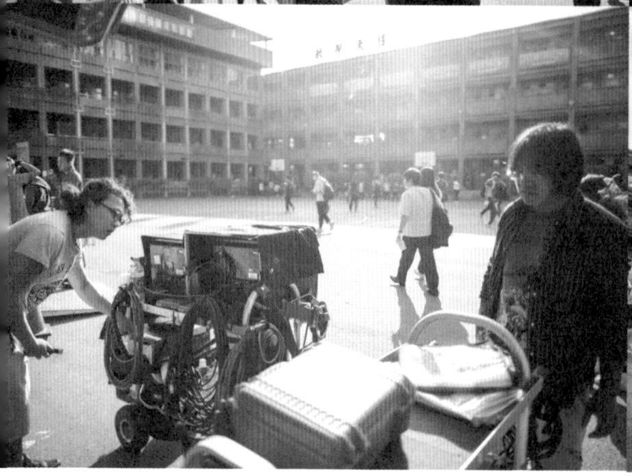

把一份工作做到好，
是一件超快樂的事！

「南強工商」支援拍攝高中大會舞。

「這種工作，真的不是人幹的！」真的！吃盡苦頭卻只換來螢幕上「不到三秒、擠在一堆名單」裡的三個字或兩個字……但，為什麼他們還要幹呢？

「因為，把一份工作做到好，是一件超快樂的事！而這份工作，還是你最熱愛的戲劇！」

悲哀之六：遺憾，來自於，次序的錯亂。

拉
HAPPYGO
35%OFF
2013
中國時報 10
蘋果日報 15
工商時報 20

第柒個字詞

【禮物】

REAL CHEESE
Combos
Combos
巧克力夾心酥
新貴派
巧克力酥片
Kid-O
蔬菜脆片
Cranberry

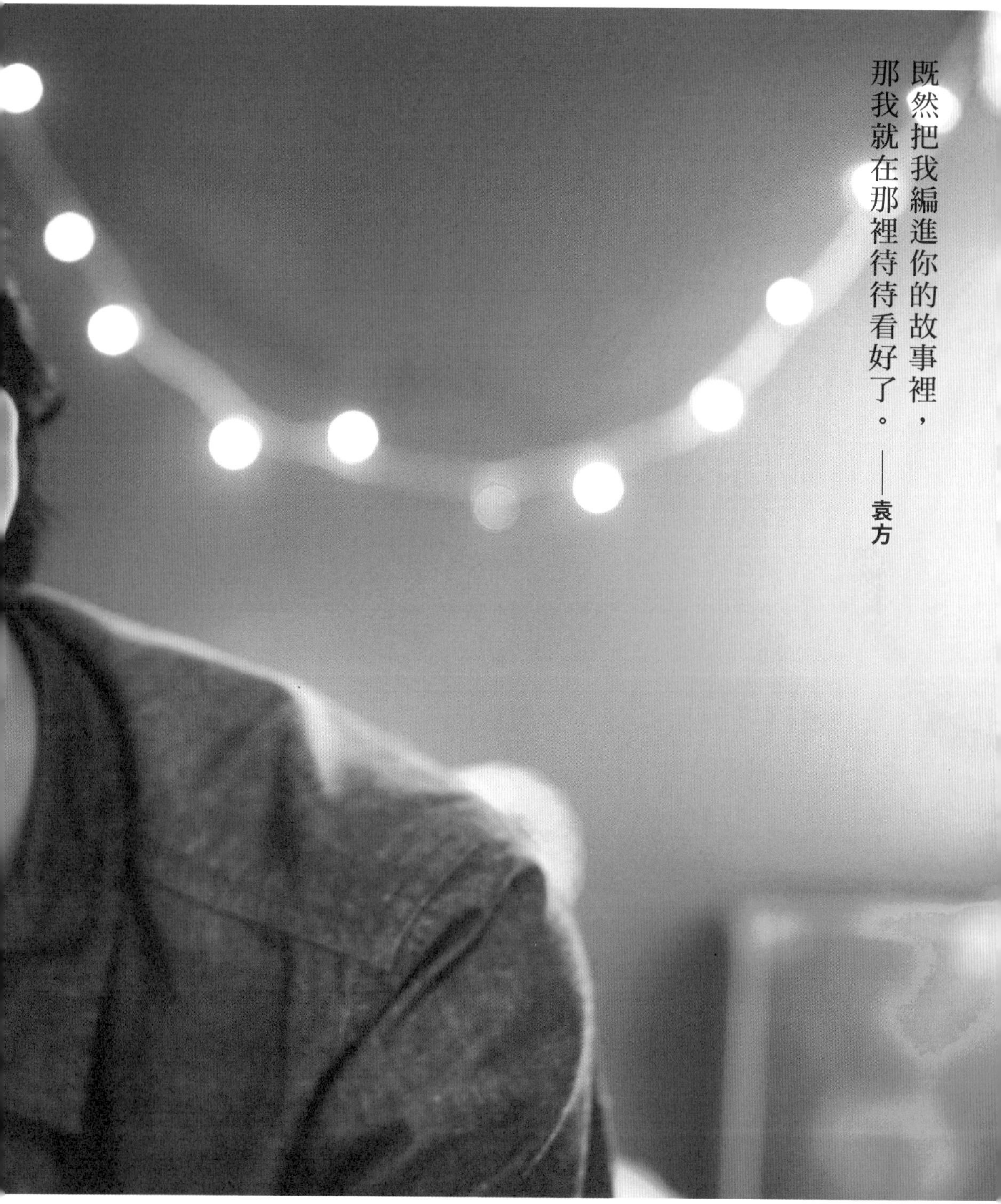
既然把我編進你的故事裡，
那我就在那裡待待看好了。
——袁方

攝影◎Ivy Chen

禮物 ㄌㄧˇ ㄨˋ

形 歐漫創作作品，作者：安哲。二〇一三年獲法國安古蘭漫畫節新秀獎，及瑞士琉森 Fumetto 漫畫節新秀獎第一名。

我們原本是要給在《罪美麗》劇中幫小曼青畫出「異想世界」的才子插畫家「飛飛飛」一個驚喜的，於是不動聲色的前往了誠品，參加了他的座談會，卻意外地發現了另一個才華洋溢又長得超帥的插畫家——安哲。

那時候，我們已經試鏡了二十幾個「袁方」，也見識了臺灣新一輩男演員的用功與可期。但，這些臺灣戲劇的可造之才，之於袁方，就是少了點憂鬱、神祕。幾乎是在最後一刻，安哲的憂鬱、神祕，有如來自老天爺的「禮物」，降臨於我們的眼前。

【禮物】ㄌㄧˇ ㄨˋ 形 歐漫創作作品，作者：安哲。二〇一三年獲法國安古蘭漫畫節新

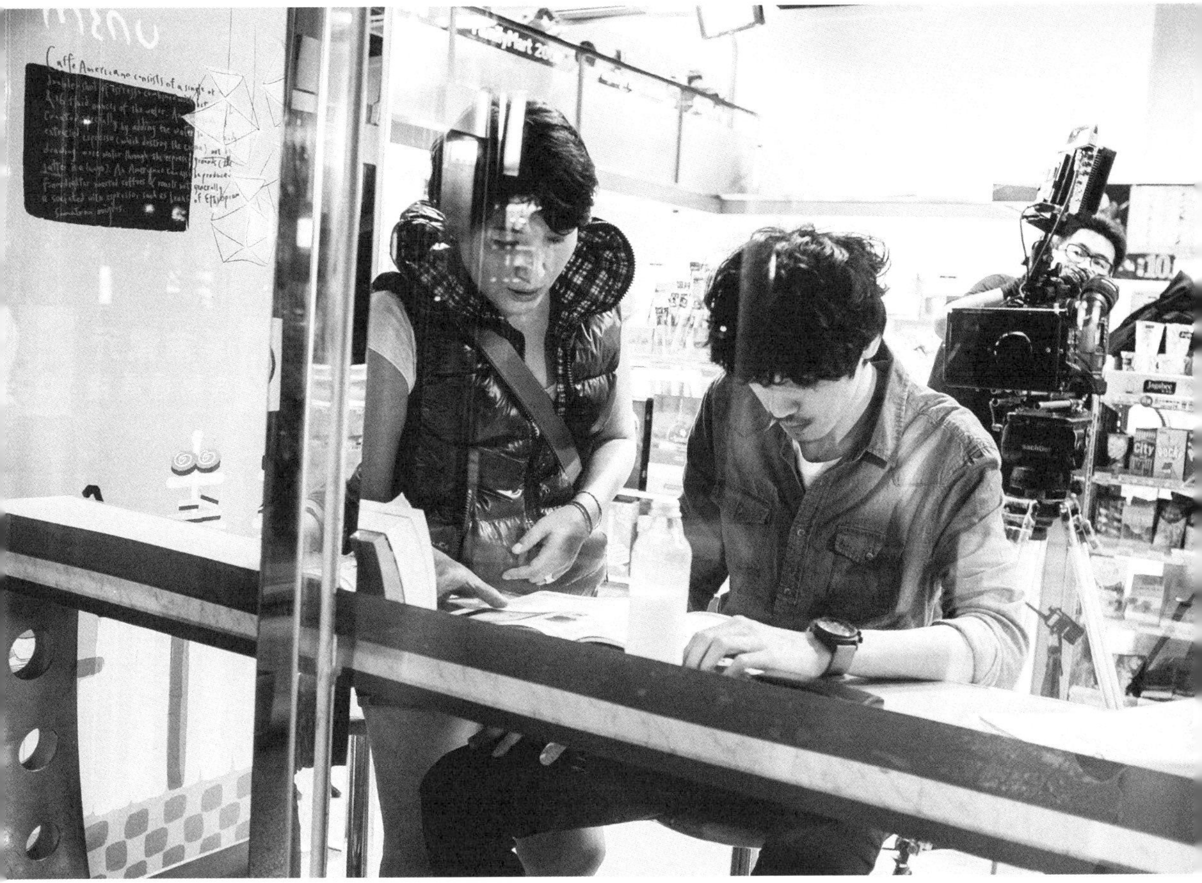

安哲，袁方，憂鬱、神祕，
是老天爺的禮物，降臨於我
們的眼前。

秀獎，及瑞士琉森 **Fumetto** 漫畫節新秀獎第一名。

但是，一個才華洋溢的畫家應該是會把全部的心力用於創作，尤其安哲的作品是那麼的「與世無爭」，對於電視戲劇這類的通俗藝術，他應該不可能有興趣吧?!

但我們還是決定——死馬當活馬醫！

不管怎樣都去碰個釘子，至少不會有遺憾。沒想到，製作人卻真的把他拐來了工作室聊一聊。但那天，安哲其實是來婉拒興奮的我們的。但我們不能甘心！肉都到嘴邊了，怎麼能讓他跑了呢？

於是，我們開始說《妹妹》這個故事，開始形容《妹妹》與十二種藝術創作的關聯、以動畫呈現的形式……當下，安哲說：「酷耶！」而我們心裡都同時喊著：「賓果！」

接著，我們在「只要你不行，我們立刻換角」的前提下，拐他試鏡。一試，我們就更驚豔了——果然任何藝術都是一種表演，骨子裡的能量是一致的！——雖然卡詞，雖然害

羞，但，我們看到了那幾乎不會是第一次「演戲」的能量，很自然、很內斂、很「袁方」。

然後，我們依舊在「只要你不行，我們立刻換角」的前提下，拐他上了表演課。每一堂課結束，我們都會私下跟老師通電話，三位表演老師幾乎一致的傳達了：安哲不錯！

於是，我們仍然在「只要你不行，我們立刻換角」的前提下，把他送到了攝影機前，一路依據著「只要你不行，我們立刻換角」的前提，來到了殺青的日子。

二十八歲，才華洋溢，總是憂鬱的他說：

「好吧。但願這樣，我的畫終於，會被人們看見。」

悲哀之七：時間總是在不巧的時候，好巧。

【禮物】歐漫創作作品，2013 年獲法國安古蘭漫畫節新秀獎，及瑞士硫森 **Fumetto** 漫畫節新秀獎第一名。

第捌個字詞

【牆】

補充【重來】

牆 ㄑㄧㄤˊ

形

必須突破的屏障。

「找場景」，是現今各劇組最頭痛的事，分析起來至少有兩個重要因素：

一，整個劇組動輒三、四十人，器材也繁多，因此在拍攝現場，尤其是擁擠的拍攝現場，難免會發生撞、磨、刮、破的意外，儘管製片組已經一再叮嚀，大家也發明了防止意外的小撇步（譬如攝影腳架底下的網球，防止刮壞木質地板），但許多劇組為了拍攝方便，往往還是給出租、出借的主人，留下了「很不好」的印象。於是口耳相傳之下，大家一聽說是「拍片使用」，立刻敬鬼神而遠之。

二，廣告、電影拍攝預算比電視製作高出許多，所需的拍攝時間短又能提供高額的場租費，相形之下，電視人就寒酸到只能被嫌棄了。

除了以上兩項難關，《妹妹》劇組還多了一個難題——藝術總監「很龜毛」。很多時候，終於碰到肯租借我們的屋主，但勘景照片送到總監面前，卻被打槍：「劇本裡戴家至少要兩房喔！」或是「這一點也不像建築師事務所啊！」

所以，開拍的三個月之前，工作室黑板上就寫下斗大的場景表：戴家老家、周家老家、火車站、郵局、宅配營業所、戴家新家、繼薇臺北租屋處、袁方家、袁方辦公室、我們的牆、**A&Z**辦公室、串燒店、繼薇辦公室、重逢公園、袁方辦公大樓……滿滿一黑板，代表了難關一關關。

但，「關關難過，還是得關關過」，總不能不負責任的刪場景、刪劇本吧？否則觀眾要看什麼呢？

尋覓「我們的牆」是一個浪漫而折磨的過程。

最初，我們是在高雄市湖內區找到了那「在大樹庇蔭下的紅磚古牆」，它幾乎完全符合導演理想中的「我們的牆」。也許正是因為它完美的一如夢境，以至於勘景的時候，眾人只記得驚呼，卻沒有一個人考慮到它鄰近省道旁的聲音問題，於是，當大隊人馬拉到南臺灣之後，錄音組當場傻眼。

你可以想像一下：當周繼薇坐在牆上思念著戴耀起而哭泣之際，在優美的畫面裡，哀傷的台詞揚起，卻忽然傳來大卡車呼嘯而去的引擎聲，伴著那又低沉又巨大的喇叭聲，偶爾還有摩托車高頻的引擎聲……這樣的「我們的牆」是不是很掃興？

但，放不下那如夢的場景，於是我們咬牙開拍，製片組幾乎站在馬路以肉身擋車，卻也只能拍拍停停，紅燈車少就五四三二，綠燈車多就等待……即使這樣費盡心思，錄音組還是直搖頭的預告：「除非配音了！」

於是拍了一週後，我們立刻送剪、進錄音室嘗試配音的效果，但「不是現場音」，就是好像隔了一層紗、就是少了點 FU。

怎麼辦？

尋覓「我們的牆」
是一個浪漫而折磨的過程。

「重來！」藝術總監只考慮了兩分鐘。

【重來】ㄔㄨㄥˊ ㄌㄞˊ 形 把之前的努力、花費全丟到海裡，然後再次開始。

「再次開始」當然是為了更臻完美。於是，我們下定決心，既然要把之前各項食宿工資近兩百萬的花費全丟進海裡，那麼就一定要堅持找到更美的「我們的牆」！於是，行政組、製片組全數動員，開始透過 **GOOGLE** 大神、旅遊部落客、朋友、朋友的朋友……終於，兩週後，我們在新北市的菁桐找到了它**!!**

通常在外聯製片找到場景之後，經過照片審查符合的場地，導演組和攝影組、燈光組、美術組就會親臨現場進行場地勘查。勘查確認後，美術組開始繪製場景「改造圖」，一切都拍板定案，美術組會是第一個進到現場工作的組別——意思就是說，你在螢幕上所看到的場景，或多或少，都經美術組動過「手腳」。

一定要堅持找到更美的
「我們的牆」！

手腳動最多的當屬「周家」。

「周家」的尋覓還算順利，但，位在中興新村的它，當初是荒草一片、斷瓦殘垣、空無一物的，所以美術組的工作是從除草開始的。他們還要學會修繕窗戶、鋪好瓦片……然後你看到的壁紙、地板、藥櫃、老舊的桌椅、一碗一碟……所有你看到的硬體之外的東西，全是美術組「長」出來的。

「長」是有學問的，要考據歲月，要符合角色個性，一個家總有一個主要的「布置者」，周家的指揮者理當是周媽，周媽很忙，所以東西是一路累積出來的「亂中有序」……每一個場景，都必須經過這樣縝密的分析，才能讓觀眾感受到「生活感」「真實的存在感」。

「**A&Z**辦公室」，原本是一個服裝公司。所以美術組的第一個工作是，清除所有「服裝公司」的視覺，接著開始平地起高樓的打造一個虛擬的直銷事業。開幕那天的盛況、所有的產品包裝，完全手工製作。

「繼薇臺北租屋處」，原本是個只有四點五坪大的儲藏室，後來你看到的那些可愛的

國辭典
789
456

少女情懷，也是出自美術組的神手。但，這個場景最痛苦的地方是：當繼薇和周媽同時在屋子裡的時候，就連攝影機也都沒有地方放了。

怎麼拍？

沒辦法，就是得拍啊！於是設好鏡位之後，只見躲的躲、閃的閃，在你沒看到的畫面之外，別懷疑，胖胖的攝影師，正趴在地板上。

最心臟病爆發的場景是繼薇和袁方工作的「辦公大樓」。我們很早就勘完景、處理好接洽事宜、製片組也就近聯繫好了演員化妝、工作人員方便的所在，一切就緒。不料，當大隊人馬抵達，卻發生了「管委會主委臨時反悔」的傻眼事件。

通常相關「辦公」的場景，都必須利用假日，才不致影響正常上班運作。也就是說，這個當天、當場、當刻掉下來的難題，若不即時解決，影響的拍攝進度將「相當深遠且複雜」，於是，我們的製作人立刻殺到現場一邊跪求「主委」，外聯製片與劇組經驗豐富的數位「老江湖」們，一邊同步的就近尋找取代場景。

皇天不負苦心人，終於尋覓到了，但，對方開出了天價！

而最難尋覓的場景，當屬「老鄭家」。它的難處在於：在戴耀起的記憶裡，它當初應該是個位在山中的房舍，多年後當他尋去，卻已經因遭遇風災而倒塌。

倒塌!!——是的，要倒塌。坦白說，對於這個場景，製作人已經有了最壞的打算——到了拍攝最後要是依舊找不到這個場景，就只能「改戲」。但，神明庇佑了我們，竟然在外聯製片車子拋錨的那一天，他遠遠地發現了奇蹟！

為了好、為了符合、為了精緻，《妹妹》遭遇了許多「天價」場景、「奇蹟般」的場景、「愚公移山」的場景……讓你頭髮花白、讓你想要吐血、甚至讓你忍不住哭喪地說：再也不要做戲了！

殺青後的某一天，工作室接到了一通電話，是袁方家的屋主來電，他說，這個房子曾經借給人家拍廣告、拍電影，但，從來沒有一個劇組，在拍攝結束後，把房子整理得這麼乾淨、這麼完好的還給他，希望下次還能合作。

悲哀之八：希望，總是被**失望**，取而代之。

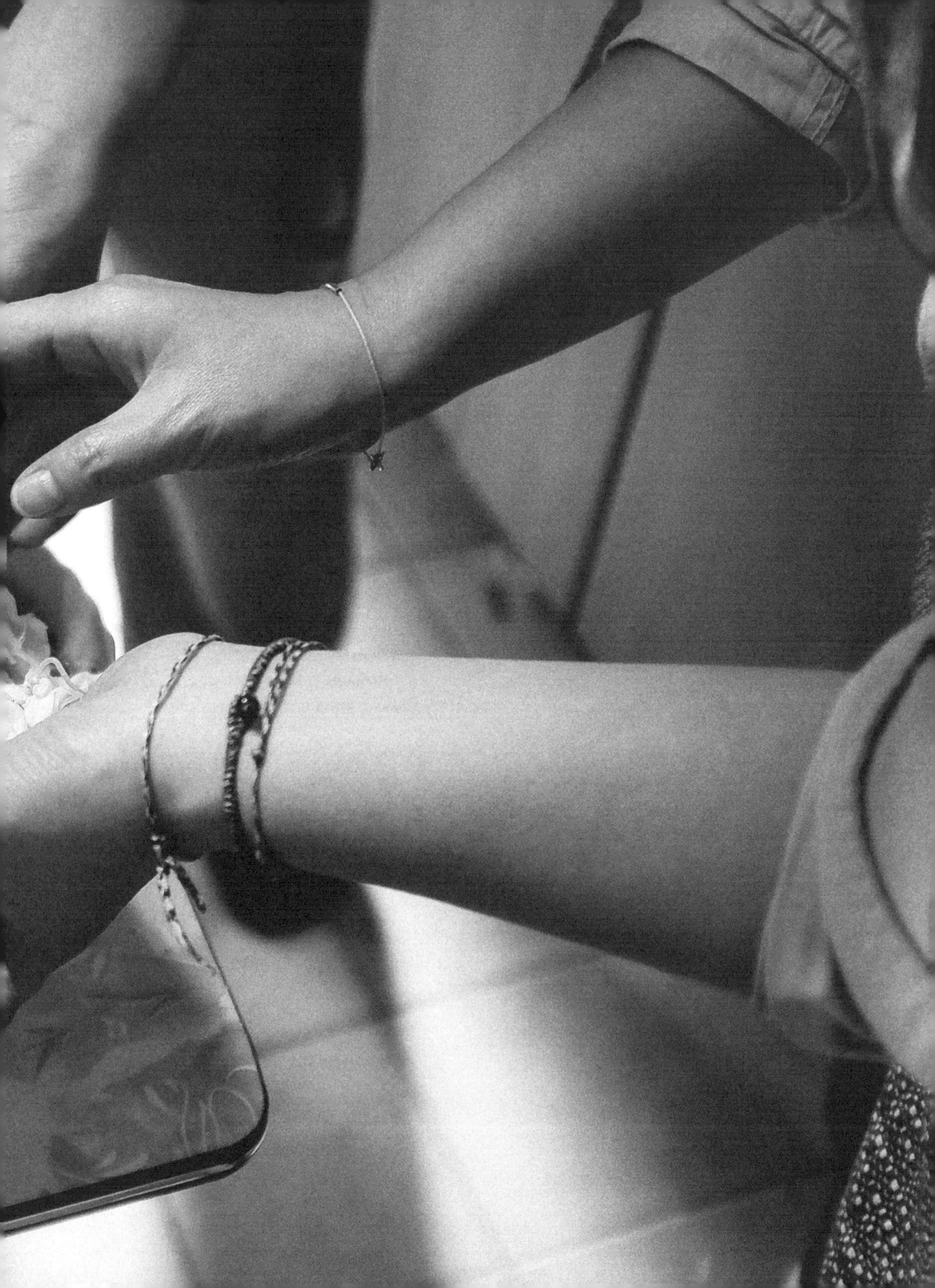

第玖個字詞

【豆腐捲】

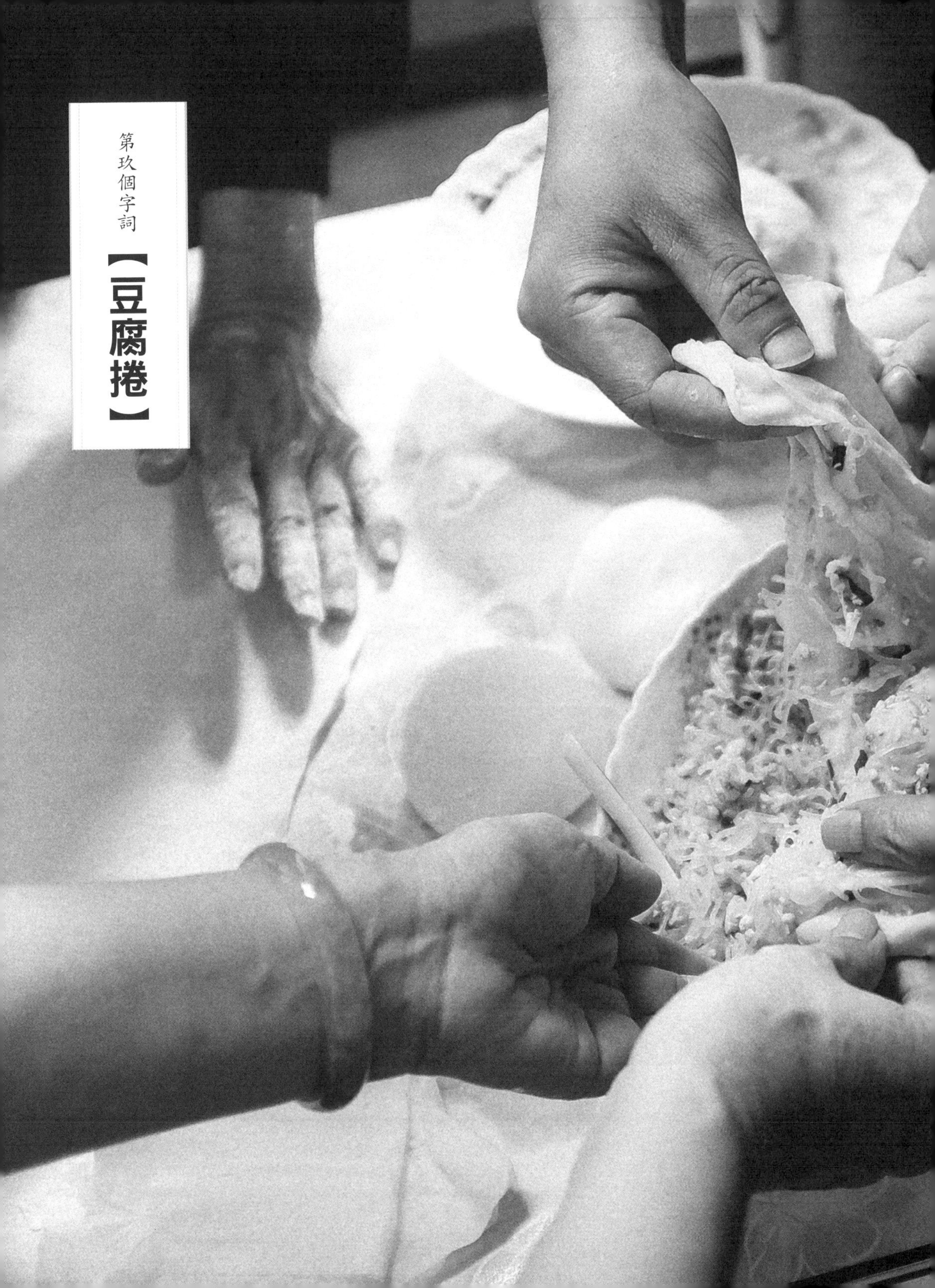

白拿孫子的錢，那是老得不能動的人做的事。

——戴奶奶

人生七十才開始，我現在為什麼不能離婚

——周媽

父母也是人，也有做錯的時候。——周爸

愛情再不來，我的更年期就要來了！——美姊

豆腐捲 ㄉㄡˋ ㄈㄨˇ ㄐㄩㄢˇ

形

①思念。②傳承。

丁也恬

從「星星知我心」迄今，丁也恬在演藝圈三十多年了。

她自嘲不是小旦型美女，年輕時從訓練班畢業，和同學們一起去試鏡，自己總是沒被選上的那一個。年輕時候就被歸類為演技派，飾演的角色總是帶著些叛逆的個性，如今她是知名模特兒公司的旗下藝人，角色越來越慈祥。

身經百戰的她面對表演，卻總是很謙卑，她說：「越懂越知道難。」

她很溫柔，心裡住著一個小少女。拍攝期間適逢中秋，沒戲的她帶著好幾箱白柚到現場，怕打擾大家工作，自己一個人在一旁殺著柚子，就這樣殺了給整個劇組分量的柚子。

她說這次拍戲好愉快，大家都像一家人，年輕演員都好用功，讓她學習了好多好豐盛。其實，能見識到一位前輩的虛心、包容、敬業，我們才是那最豐盛的收穫者。

「豆腐捲」在劇中是她飾演的戴奶奶的拿手菜，也象徵著戴耀起對奶奶的思念。對丁姐來說她的「那道菜」是母親的「炒烤麩」。她吃素多年，母親拿手的紅燒肉、什錦菜、珍珠丸現在都沒有口福了，唯有這道炒烤麩，讓少女般的她，又掉進了當年。

黃嘉千

演出「光陰的故事」裡，那個任勞任怨傻乎乎的「孫媽媽」的時候，她才三十出頭，剛結婚，尚未成為人母，靠著本能、聰慧的理解力，讓她一舉拿下了金鐘獎。如今，女兒滿五歲了，她再次拿到了同一位編劇筆下的「周媽媽」角色，一個能幹、愛作主、象徵一家之主的母親。

兩者之間，她經歷了數十場舞台劇的洗禮，生育的痛楚與喜樂，她反而覺得「難」了。

她很溫柔，
心裡住著一個小女孩。

她說，難才有趣！

因為表演就是這樣，你會越來越深入、越來越細膩，於是要做的功課，越來越多！

就說肢體語言吧。

她有一雙非常筆直而漂亮的長腿，從小被鍛鍊的走路姿態婀娜又優雅，但是周媽媽可不是這樣。拋開那些膚淺的「草根性」又「約定俗成」的外在表演，她的周媽媽姿態，是要從個性、內在開始做功課的：周媽媽性子急，因為她有八百件事要忙，因此，周媽媽腦子裡「快去完成」的意念會走在最前面，於是，周媽媽走路的時候，永遠是頭在身體前面。

這就是專業演員的表演功課。

很難嗎？她說：「難才有趣啊！」

夏靖庭

十年前，提起夏靖庭，人們總會說：「好演員！可惜脾氣太火爆。」如今，提起夏靖庭，人們會這麼說：「好演員！好人！好脾氣！好可愛！」

也許是歲月，也許是一段好愛情，或者是上帝的引領，寶寶（我們喜歡這麼暱稱他）整個人變了一圈：總是笑、總是聆聽、總是換個角度想。但是唯一不變的，是那與生俱來的精彩演技！

劇中他演出的是「繼薇的爸爸」，熱愛著「把他人的心意平安送抵另一個他人手中」這份渺小而偉大的郵務工作。寶寶很能感受這份熱愛，因為他對表演的情感，就是如此──多年來在電視、電影中，他總是擔任綠葉的工作，但卻萬分喜樂於去研究這次該怎麼綠？是針葉還是闊葉？要一叢一叢來？還是一片一片的長呢？

所以，他的光彩從來不會被淹沒。即便沒有台詞，他也可以在數鈔票的手勢裡，讓你頓時紅了眼眶。繼薇爸爸好幾度偷偷塞錢給繼薇的橋段，太動人了！他讓我們看見了……父親堅強的笑容下，背面的柔情！

林美秀

因為義氣、因為友情的可貴，「親愛的」永遠都能擁有美秀的一臂之力。但，這次，

他的光彩從來不會被淹沒。

我們要讓美秀擔任什麼角色，才不會辜負她的「渾身是戲」呢？

當然，大家想到的一定是「媽」。

但——「不要讓美秀再演媽了！」一開始，我們就接收到這樣的指令。身為美秀的好友的編劇，看似智慧的女人，但其實挺鄉愿的。她不僅深深相信以美秀的演技可以成立各種角色外，也暗暗擔心：是不是演了太多媽媽，於是冥冥中我們破壞了美秀的姻緣？

所以，除了「媽」，我們還想過「小芸」，想到美秀扮演高中生，我們都大聲叫好：「一定超可愛！」但小芸的角色只是客串的分量。「高中老師」？後來因劇本過長，這個角色被刪掉了。

當我們拿到第八版的劇本時，美秀的角色終於定案了：資深美女、女主角身旁的姊妹淘。聽起來是個很好演的角色，但，美秀的好友編劇不會這樣輕鬆浪費她的，所以，美秀造就了那個內在「遺憾青春將逝」、外在「因肉毒而臉部僵硬」的美姊。

劇終時，美姊將遇到一個浪漫的開始……

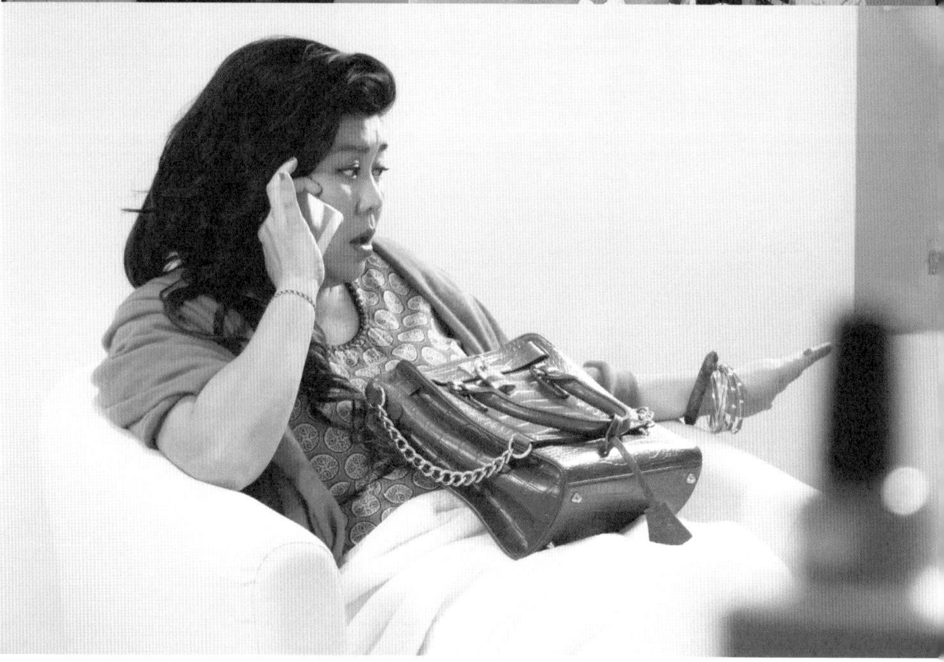

她，會把幸福演好！

那場戲是美秀的殺青戲，當導演喊了「OK！恭喜美秀殺青！」編劇立刻衝向前緊緊抱著美秀說：「這是我幫妳寫的開場，妳一定要把幸福演好喔！我會等著看！」

新秀登場

相對於資深的一輩，《妹妹》劇中網羅了許多年輕的新秀。就像琢磨鑽石一樣，電視圈實在不能只嚷嚷著「演員都去演電影」了，應該勇敢地去挖掘，用心地去培育！套用一句俗話——別問演員為我們付出了什麼？先檢討我們對演員付出了什麼？

於是，為了注入新血、為了長江後浪推前浪，《妹妹》劇組為新秀們前後開出了三十幾堂表演課，內容涵蓋肢體開發、聲音表演、角色分析等等。

這樣的投資，除了讓孩子們上戰場時能有安全的後盾，另一方面，我們也期待，他們的光芒，能被更多的觀眾認識、更多的業內人士賞識。

張庭瑚，在《刺蝟男孩》中表現令人驚豔不已，「四番」的魅力橫掃少女到歐巴桑。

他擁有了讓藍正龍妒忌不已的帥，與爆發力！

勵政達，庭瑚的同門師兄，演出經驗是《妹妹》新人輩裡最多的，很沉穩，理解力很高。

周洺甫，在微電影《火球》中，超亮眼！幾乎沒有什麼台詞的情況下，竟然可以魅力四射。

楊孝君，OVDS樂團主唱。第一次跨界演出；棒棒堂男孩劉祿存，非常有潛力，是表演老師最讚譽的新人；伊林新秀葉慈毓，能文能武（空手道高手），能優雅也能騎重機。

孩子們，臺灣戲劇的未來，將在你們的身上發生。加油！

悲哀之九：困住我們的，其實是，**我們的心**。

他們的光芒，
能被更多的觀眾喜歡、更多人賞識。

花魚一夜干
北海道鯖魚
明太子雞翅
大腸包小腸
鮭魚下巴
鹿
鹿

第拾個字詞

【原地】

原地 ㄩㄢˊ ㄉㄧˋ

名

即使已經抵達目的，也不該遺忘最開始的地方。

我們已經被進步的社會慣壞了，於是，我們忘記了在偌大的世界上要剛好碰到一個我愛你、你也愛我的人，是多麼值得珍惜的美好？我們也習慣去忽略，每一個方便背後，經歷的無數辛勞。

譬如：當你從便利商店以貨到付款的方式拿到了一份等待已久的東西，那簡單的動作，不是瞬間穿越時空的神奇，而是經歷了許多人的智慧與汗水。

導演、演員聚集讀本的第一天，編劇這樣闡述了自己多年創作劇本的初衷：「希望我的每一齣戲，都能讓你看到愛情的喜怒哀樂，也能讓你認識一些與你一樣在這社會上努力打拚的小螺絲釘。」

從《我可能不會愛你》的航空公司地勤人員，到《妹妹》宅急便營業所女事務員，編劇的企圖從來不是以「置入」為出發，而是——當你看完了這齣戲，你是否猛然地發現，該轉回身對他們真摯地說句：「謝謝！」

謝謝黑貓宅急便。

當這個劇情設定定案之際，我們就一邊展開了劇本的創作，也同時進行了與黑貓的接洽。接洽十分順利，我想是因為他們萬萬沒料到，拍攝過程裡，我們將會那麼地叨擾。

二〇一三年五月，編劇進駐營業所一週，不只一再地追問「程序」「規則」，還享受了營業所姊姊們的點心、美食。十月，我們送進了心亞、美秀兩個事務員，以及飾演SD（司機）的定謙展開實習課，這時我們才真的發現，要承擔這份工作，必須充滿熱情與七手八腳！

同時，我們也進行著勘景。在黑貓提供的「比較好拍攝」的各駐地營業所名單裡，尋覓最適合的場景。

二〇一四年一月，農曆年前，劇組開始如火如荼的拍攝宅配營業所的場次，而那卻是所有宅配公司一年中最忙的季節！無數的籠車，滿載著親友的祝福，一整天毫無間斷地在營業所內穿梭，我們卻得因為畫面與收音的需要，不時對黑貓提出近乎無理的要求：電話可以不要響嗎？籠車可以先不要推嗎？人員可以先不要進出嗎？可以借我們一籠車的貨當道具嗎……？我想，若不是因為心亞與美秀的驚人魅力，整個劇組應該早被裝進籠車，運送到某個不知名的鄉鎮。

謝謝中華郵政。

《妹妹》劇本中，企圖藉由周繼薇和周爸父女兩人的工作，巧妙的呈現出「寄信」這件事的世代遞嬗。而郵局的「爸爸形象」，不知為何，就是可以讓我們立刻感受到「責任」！

劇組非常開心獲得了中華郵政的協助，出借了中壢和南投兩地的郵局作為拍攝場景。

拍攝過程中，我們接觸到了許許多多像周爸爸一樣，在郵局工作了一輩子的員工，看著他們忍著腰痛、背痛、手腕痛等職業病，日復一日地替人們傳送信件、傳送愛，讓人不禁想到劇中周爸的台詞：

把一個人的心意平安地送到另一個人的手裡，那種成就感啊，只有自己知道！

人們的生活無外乎食衣住行，所以，堆砌一個角色的一切外在的，當然也是這些。

而我們經常在韓劇中發現韓國人的向心力，從服裝、鞋子到手機、汽車，於是我們也深深期待自己「不要只妒忌，應該學習別人的優點」，所以，我們開始接洽了許多「臺灣品牌」！

很意外地，被打槍無數。

但，很欣慰地，我們還是遇到了許多同胞的「支持」！

「道卡斯腳踏車」，是我們遇到的第一個貴人。在研發產品的過程裡，他們發現歐美

道卡斯腳踏車

綠的傢俱

進口車並不全然適合亞洲人，因此專為亞洲人設計符合人體工學的車款。當我們為戴耀起尋覓坐騎時，很幸運地得到了道卡斯的協助，不但提供了二〇一三年的款式，並且熱心的四處幫我們尋覓到了十年前的車款，讓高中時期的戴耀起有了耍酷的交通工具。

「林曉同珠寶」，劇中紹敏的好友「三米」任職珠寶專櫃，在那個場景裡，有重要的情感戲之外，還需要一項重要的道具——「勇敢戒指」。林曉同珠寶不只是提供場地，連貴重的珠寶都阿莎力的借我們當道具，讓我們又喜又驚——但負責保管「價值四十萬的道具」的同事，簡直天天做惡夢。

「綠的傢俱」所有傢俱幾乎任我們挑選，為我們從無到有的打造場景的浩大工程，省下了一筆經費。甚至在美術組忙到分身乏術之際，還幫我們專車載送。

「喜的燈飾」從《罪美麗》開始，就給予我們許多協助，因為我們合作的美術指導非常喜歡運用「燈具」，營造場景氛圍，有時一些場景一拍就是數個月，他們仍舊無條件出借予我們。

上｜Happy Socks 襪子
中｜大村武串燒居酒屋
下｜林曉同珠寶

男女主角高中時代就讀的「商強」工商，其實是「南強工商」。從校長到學生們，一路配合著我們拍攝。尤其大會舞的那場戲，自早上六點到下午四點，耗時八小時，不斷地一二、一二，學生臨演們敬業的讓我們感動涕零。

謝謝「臺灣鐵路局」，從好有味道的「里來」車站到臺北車站大廳到莒光號車廂，負責接洽的窗口小姐，為了幫助我們拍攝順利，卻挨了好多罵。

謝謝「台灣大哥大」。為了表達現代的文字傳情方式，當我們遭遇**LINE**、微信……全都涉及著作權之際，還好我們有自己的「**M＋**」！請大家愛用國貨！

謝謝「全家便利商店」，讓我們在那裡談情說愛；謝謝「大村武串燒店」給予我們的「專業訓練」；謝謝「誠屋拉麵」「臺灣仁本」「天主教華光智能發展中心」……不但提供我們場地拍攝，還有最熱情的協助；謝謝「**Hang ten**」「**Roots**」「**H:CONNECT**」「**Arnold Palmer**」「**Dr. Martens**」「**McVing**」「**NOViZIO**」「**Happy Socks**」「**MAC**」「**SOLIS**」「**elegantsis**」「**JOICO**」……裝扮我們的演員，讓他們更貼近角色的樣子；謝謝「**Alexandre Zouari**」「**le coq sportif**」「樂陞科技」「猴子靈藥」，

左上｜AZ 髮夾
右上｜臺灣鐵路局
左下｜黑貓宅急便
右下｜滿心公雞牌球鞋

以及從《罪美麗》就合作過的法緹新絲路婚紗及凡登西服……提供劇中的重要道具，讓戲劇更顯張力，謝謝每一個知道我們在拍戲而放輕音量的人們……謝謝你——所有曾經助我們一臂之力的你。

謝謝，謝謝，謝謝。

在此，我們也深深地懇請那些還沒打開門的「臺灣製造」，文化是一股凝聚的力量，而不是單一的行為。把臺灣的美好傳遞各地，是一件值得你打開門的事情啊。

悲哀之十：連在夢裡，都不敢太幸福。

汽車科
Automobile

第拾壹個字詞

【菁英分子】

教學大樓
Multimedia Animation
Performing Arts
Movie & Television
Tourism

菁英分子

ㄐㄧㄥ ㄧㄥ ㄈㄣ ˙ㄗ

名

給予幫助，讓我們相信世界還是很美好的人物。

感謝所有在劇中幫我們軋一角的好友。他們是來自演藝界或其他各行各業裡的「菁英」，或者因為友情、或者因為情義相挺、或者只是純粹善意，給予幫忙，所以，他們變身為《妹妹》裡的各種角色、各種身分：

特別客串：（以下名單，按出場序）
萬芳（聲音演出）
潘儀君／戴母
翁又甯（小馬克）／3歲耀起
林立書／戴父（戴立晨）
朱安麗／音樂老師
黃迪揚／小學訓導主任
林辰唏／小芸（繼薇高中同學）

陳彥佐／暗戀繼薇的高中男

鍾欣凌／大會舞指導老師

廖梨伶／繼薇大學舍監

蔡至維／繼薇大學老師

丁強／袁爺爺

呂曼茵／袁奶奶

周明宇／**My Boss**

莫子儀／張志勳（繼薇同事）

劉長灝、陳寶旭、李明哲、高敏書／繼薇的上司們

謝念祖／大樓警衛

張傑、柯濬彥、張詩盈、徐菽曼／**A&Z** 助理們

崔立梅、何曜先／**A&Z** 顧客

錢俞安／宅配人員

黃嘉俊／紀錄片導演

乾德門／老鄭

陳竹昇／繼薇二姊夫

畑江英介（誠屋拉麵總經理）／拉麵店店員

睏熊霸樂團／睏熊霸樂團（聲音演出）

安原良／戴父（聲音演出）
勾峰／小色父
楊麗音／小風母
朱苓苓／鈴鐺
陳季霞／小爽母
劉佳怜／小風姊
彭秀月／安置中心院方人員劇組工作人員的
臨危授命、背影、手臂、腿、頭頂……

共同演出：（以下名單，按出場序）
廖怡涵／4歲繼茹
趙小語／5歲繼萱
雷霓／1歲繼薇
鍾佳穎／小學繼萱
彭若儀／小學繼茹
廖晨宇／小學耀起同學
楊博瑋、瑞室、基榮（這群人）／耀起高中
伙伴

李銓、許辰澤（超能兒）／耀起高中伙伴

董芷涵（這群人）／繼薇高中同學

南強工商表演藝術科同學／高中校園同學

中央大學同學／繼薇大學同學

柯逸華／**A&Z** 莫里哀博士

王書喬／**A&Z** 露薏莎

王家梁、黃怡璇／劇中劇男、女主角

鈴木有樹／袁方老闆

吳翔震／宅配 **SD** 川仔

翁林鏕、唐軒宇、余俊德、許書瑋（黑貓宅急便 **SD**）／其他宅配 **SD**

鳳梨花／流浪狗

林沂蓓／珠寶店女顧客

鄭茵聲（這群人）／袁方同事小魔女

吳岱芳、徐敏欣、邱湘涵、董佩榕、陳芳瑜、吳孟娟、劉夢凡、盧敏青、李盈之、張舒涵、經冠萱、孫宇婕、廖勻嬪、駱葦欣、陳盈之、蕭妤澄、曾俊堯、陳頡、祝

鼎軒、陳廷威、詹喬之、丁勁丞、王穎傑、陳建寧、張益誠、張益綸、蔡旻霖、黎姿吟、趙逸宣、劉家宏、賴偉銘／袁方眾同事

蘇品杰／二姊夫之子

謝謝。

悲哀之十一：愛上一個**好人**。

SISTER

第拾貳個字詞

【一起】

一起 ㄧˋ ㄑㄧˇ

形

共同努力過的那些曾經。

嘿！親愛的，你……還記得嗎？

那些日子裡，我們一起忍受高溫炎熱、多雨天寒的百變氣候；一起瑟縮在連大口呼吸都奢侈的狹小空間裡；一起冒生命危險，以肉身擋車、擋人、擋貓狗、擋聲音干擾，只為順利完成拍攝；一起南征北討、跋山涉水、九彎十八拐的瘋狂大轉景；一起在山區餵蚊子、克難炊煮、彼此分食的苦中作樂；一起因為場景時限，必須搶拍而早出晚歸，甚至徹夜未眠；一起為了好還要更好，不厭其煩地上訴，一遍拍過一遍；一起捲起袖子斬草除根置景，揮汗如雨灑掃除塵復景；一起克服別人眼中認為不能克服的問題；一起將故事化為

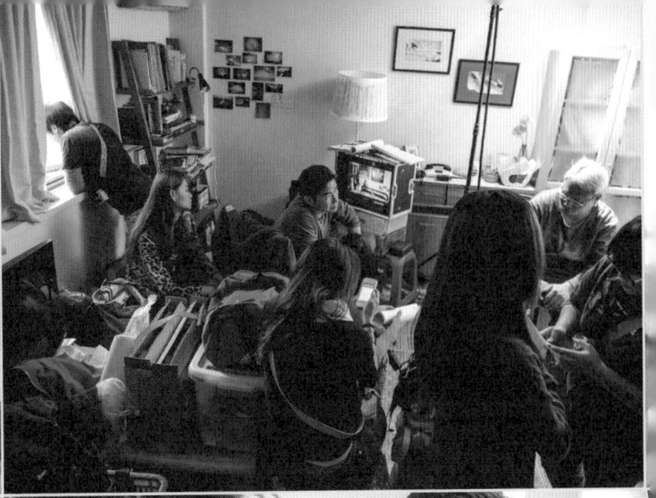

具體動人的畫面；一起努力、焦慮、倔強、笑鬧、感動的每個曾經……

是的，或許我們都不完美，

但真心感謝的感謝，這一路上有你們一起，真的很美！

工作人員名單：

藝術總監、編劇／徐譽庭

製作人／潘瑋翎、陳竹昇

導演／陳戎暉

副導演／葉宛靈

導演助理／鄒維剛

場記／吳珮綺

攝影師／王志傑、柯朝璋、楊峻明

攝影助理／周煌淳、許倣敏、呂柏霖、陳奕敏

燈光師／周志信

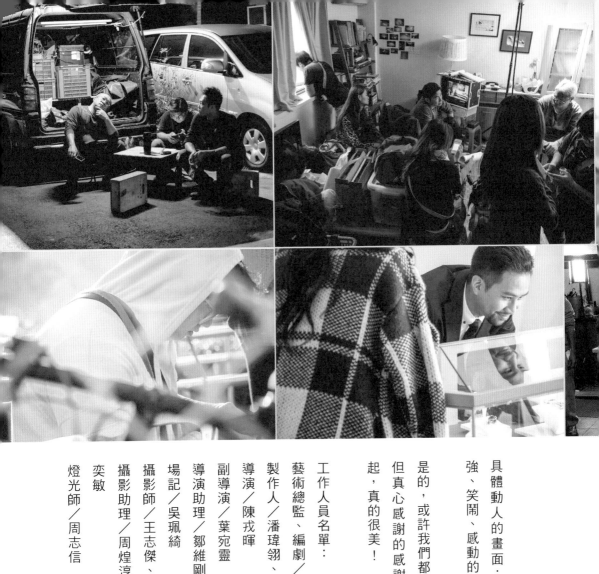

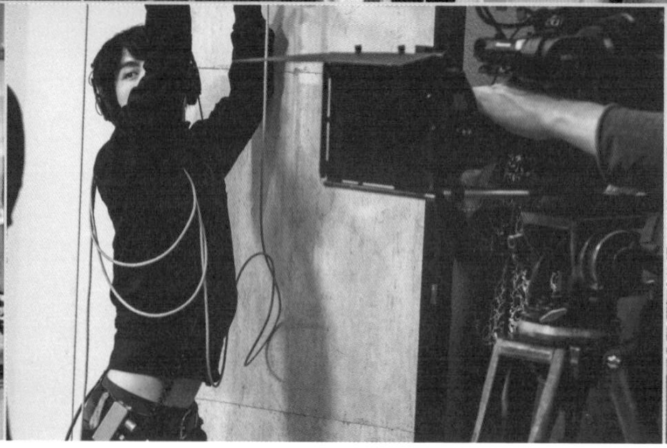

燈光助理／王文棟、張銀城
錄音師／孫玟憶、許紀煬、李育智
錄音助理／鄧亦桓、葉千慧、陳宜武、張博翔
執行製作人／廖健行
統籌／胡新沛
執行製作／周芮安、李佳哲、吳俊佑
外聯製片／吳孟哲、劉幼娟
製作助理／李亭儀、李宗穎、謝秉勳
美術指導／林沛辰
執行美術／張明珊、莊文鴻
道具師／林維岡
美術助理／林后珉、林立薇
美術實習生／張惟喬
造型師／宋冠儀
服裝管理／楊千慧、孫慧玲、許景婷
化妝師／陳琬婷
髮型師／陳奕竹、呂睿琦

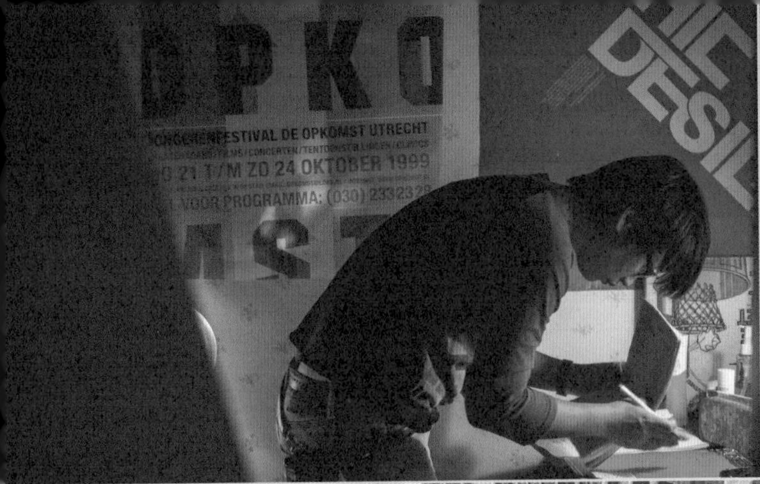

梳化助理／林雨韻、楊月洋、何欣航

場務／賴坤助、辜欽煌、王文凌

幕後花絮製作／林永立、曾祈惟

劇照師／姚文之、余佩親

海報視覺設計／柯濬彥

動畫導演／蔡至維

動畫副導演／劉家宏

動畫製作／醒吾科技大學商業設計系（林柔妤、李建霖、王穎傑、洪荔慈、李心瑜、黃可涵）

剪輯／陳小菁

後期剪輯／李泳漢、陳慶駿、魏承煖、劉佳珮、楊雅琍（大川大立數位影音股份有限公司）

調光調色／周佳聖（傳翼數位影像股份有限公司）

後期動畫特效／富貴列車設計有限公司
大川大立數位影音股份有限公司

音樂指導吳柏醇（嘉莉）
配樂編曲黃裕翔、許勝雄、羅毓庭、呂建鋒
後製配樂簡淑歡
音效吳培倫
後製錄音嘉莉錄音工房

片頭導演／攝影　姚文之

製作協調／劉仰芳
行政統籌／顏碧瑩
行政企劃／黃渝棋、林品瀚
財務／周淑真
著作權顧問／林逸心
外國事務法務助理／李欣如

八大電視協力：
監製／方可人
行銷統籌／蔡妃喬
策劃／辛舒蓓
編審／陳駿瑩、王筠秀
專案企劃／廖依鈴、王建忠、林延鳳、劉文足
行銷活動／陳盈君、謝尚容、曾齡萱、陳燕玉
公關宣傳／劉佳音、黃盈瑜、賴昱璇
公關攝影／陳志昇
戲劇包裝／王芳茵、蔡佳軒
版權行銷／陳君屏、陳啟超、謝沛融、施怡伶
視覺設計／孫寓恆、陳宇青、吳佳倩
動畫設計／劉國威、謝菁惠、陳俞卿
網頁設計／詹永祥、陳盈君

主題曲詞曲／乱彈阿翔
主題曲演唱／乱彈阿翔
片尾曲詞曲／葛大為、徐佳瑩

片尾曲演唱／安心亞

攝影器材／大川大立數位影音股份有限公司
燈光器材／精靈影視器材有限公司
成音器材／中影股份有限公司、猴子電男孩影藝有限公司
場務器材／永祥影視器材有限公司

演員：（以下名單，按出場序）
黃嘉千
夏靖庭
丁也恬
古理德
吳若瑄（ELLA）
藍正龍
安心亞
莫允雯
賴佩瑩

吳怡霈
林美秀
葉慈毓
安哲
羅北安
周洺甫
勵政達
張庭瑚
劉祿存
楊孝君
黃健瑋
吳定謙

悲哀之十二：我們一定會**重逢**，也許在**2025**年。

SNG 038

妹妹

親愛的工作室◎ **文字**
姚文之◎ **攝影**

出版者：大田出版有限公司｜台北市 10445 中山北路二段 26 巷 2 號 2 樓
E-mail：titan3@ms22.hinet.net ｜ http：//www.titan3.com.tw
編輯部專線：（02）25621383 ｜傳真：（02）25818761
如果您對本書或本出版公司有任何意見，歡迎來電

總編輯：莊培園｜副總編輯：蔡鳳儀
執行編輯：陳顗如｜行銷企劃：張家綺／高欣妤
校對：陳顗如／鄭秋燕｜美術視覺：賴維明

初版：二〇一四年（民 103）九月三十日 定價：380 元
二刷：二〇一四年（民 103）十月十五日
印刷：上好印刷股份有限公司 (04)23150280
國際書碼：978-986-179-349-8 CIP：855 / 103014580

版權所有 ・ 翻印必究
如有破損或裝訂錯誤，請寄回本公司更換

From：地址：

姓名：

廣	告	回	信
台北郵局登記證			
台	北	廣	字
第	01764		號

平 信

To：大田出版有限公司 （編輯部）收

地址：台北市 10445 中山區中山北路二段 26 巷 2 號 2 樓
電話：(02) 25621383　傳真：(02) 25818761
E-mail：titan3@ms22.hinet.net

＊請沿虛線剪下，對摺裝訂寄回，謝謝！

大田精美小禮物等著你！

只要在回函卡背面留下正確的姓名、E-mail和聯絡地址，
並寄回大田出版社，
你有機會得到大田精美的小禮物！
得獎名單每雙月10日，
將公布於大田出版「編輯病」部落格，
請密切注意！

大田編輯病部落格：http：//titan3pixnet.net/blog/

智 慧 與 美 麗 的 許 諾 之 地

＊請沿虛線剪下，對摺裝訂寄回，謝謝！

讀者回函

你可能是各種年齡、各種職業、各種學校、各種收入的代表，
這些社會身分雖然不重要，但是，我們希望在下一本書中也能找到你。
名字／＿＿＿＿＿＿ 性別／□女 □男　出生／＿＿＿年＿＿＿月＿＿＿日
教育程度／
職業：□ 學生□ 教師□ 內勤職員□ 家庭主婦 □ SOHO族□ 企業主管
□ 服務業□ 製造業□ 醫藥護理□ 軍警□ 資訊業□ 銷售業務
□ 其他＿＿＿＿＿＿＿＿＿＿
E-mail/＿＿＿＿＿＿＿＿＿＿ 電話／＿＿＿＿＿＿＿＿
聯絡地址：
你如何發現這本書的？　書名：妹妹
□書店閒逛時＿＿＿＿書店 □不小心在網路書店看到（哪一家網路書店？）＿＿＿＿
□朋友的男朋友(女朋友)灑狗血推薦 □大田電子報或編輯病部落格 □大田FB粉絲專頁
□部落格版主推薦＿＿＿＿＿＿＿＿＿＿
□其他各種可能，是編輯沒想到的＿＿＿＿＿＿＿＿＿＿
你或許常常愛上新的咖啡廣告、新的偶像明星、新的衣服、新的香水……
但是，你怎麼愛上一本新書的？
□我覺得還滿便宜的啦！ □我被內容感動 □我對本書作者的作品有蒐集癖
□我最喜歡有贈品的書 □老實講「貴出版社」的整體包裝還滿合我意的 □以上皆非
□可能還有其他說法，請告訴我們你的說法
＿＿＿＿＿＿＿＿＿＿＿＿＿＿＿＿＿＿＿＿
你一定有不同凡響的閱讀嗜好，請告訴我們：
□哲學 □心理學 □宗教 □自然生態 □流行趨勢 □醫療保健 □ 財經企管□ 史地□ 傳記
□ 文學□ 散文□ 原住民 □ 小說□ 親子叢書□ 休閒旅遊□ 其他＿＿＿＿＿＿
你對於紙本書以及電子書一起出版時，你會先選擇購買
□ 紙本書□ 電子書□ 其他＿＿＿＿＿＿＿＿＿＿
如果本書出版電子版，你會購買嗎？
□ 會□ 不會□ 其他＿＿＿＿＿＿＿＿＿＿
你認為電子書有哪些品項讓你想要購買？
□ 純文學小說□ 輕小說□ 圖文書□ 旅遊資訊□ 心理勵志□ 語言學習□ 美容保養
□ 服裝搭配□ 攝影□ 寵物□ 其他＿＿＿＿＿＿＿＿＿＿
請說出對本書的其他意見：